まいどお騒がせいたします

―土佐、ちりがみ交換一代記―

大前田商店社長
前田 薫 著

LEADERS NOTE®

ご町内の皆さま、
まいどお騒がせをいたしております。
こちらは
大前田商店
ちり紙交換車でございます。
ご家庭でご不要となられました
古新聞、
古雑誌、
段ボール、

お車のバッテリーなど
ございましたら、
ご遠慮なく
お声をおかけください。
お声をおかけくだされば、
こちらから
取りに参りますので、
よろしく
お願いいたします。

序

1977(昭和52)年秋。高知市江陽町の安アパートにいた。

6畳の和室に転がって天井を見上げていると、無性に切なくなった。明日が見えない。何をしていいのか分からない。

死のう。首を吊ろう。そう思ったとき、ふっと目の前に老人が現れた。

杖を持ち、白くて長いひげをはやしていた。上を向いて寝る自分の枕元に立ち、自分の顔を見下ろしていた。諭すように、叱るように老人は言った。

「こら、カオル。おまえはたったそれだけの男か」

それだけを言って老人は消えた。

あれは神様だった、と思っている。「命がけで働く。成功させてほしい」と金比羅さんに願掛けをしたあとだったので、自分を一喝したのだ、と。

神の一喝は胸に響いた。その言葉を心に留め、働き詰めに働いた。昼はちり紙交換をし、夜はリヤカーで焼き芋を売った。立ち止まったらいろいろと考える。いろいろと考えたら死にたくなる。真剣にそう思っていた。

それから14年後、会社を立ち上げた。新聞の募集を見て始めたちり紙交換が一生の仕事になった。

いまは古紙を中心に幅広くリサイクル業を展開し、従業員80人、年商は10億円近くにまで達している。

天井を見ながら死を考えたあのときからもう40年以上が過ぎた。まだまだ現役で働くつもりだが、ここらで自分の人生を振り返っておきたいと考えた。

思い起こすのは多くの人に世話になったという記憶ばかり。あとはひたすら働いた記憶しかない。成功者と言われることもあるが、よそと違う経営をしたわけではない。経営の秘訣を考えたこともない。忙しく必死で働き、いまも働いている。

かといって面白くもない人生かといえば、そんなことはない。20近くの職業を経験し、さまざまな人に会った。有り金が60円しかなかったこともあったし、部屋いっぱいに一万円札をばらまき、その上でのたうち回って喜んだこともある。猛烈な恋愛も、死のうと思うほど猛烈な失恋もした。

書くのは苦手なので、この本は聞き書きの形で作ってもらった。人並みくらいには面白いちり紙交換屋の半生に付き合っていただければ幸いである。

目次

失恋の話から始めよう

人生最大のトラウマがある。

失恋の話である。失恋話なんてあほらしいと思う方もいるだろう。しかし当人にとっては死ぬか生きるか心中するかというほどの大問題なのである。あれから40年以上がたつが、いまも心に傷が残っている。涙さえ出てくる。

１９７６(昭和51)年、広島市。年齢は27になっていた。

あとで詳述するが、この時点で土木工事や溶接工、運転手など県内外で既に10以上の仕事を経験していた。ただし、そのほとんどは日給制である。決まった給料をもらえるサラリーマンという仕事に大きな魅力を感じていた。

当時、マツダがロータリーエンジンの成功でイケイケのときだった。高知に戻って高知新聞を開いてもマツダの広告が一番多い。「よし、マツダがいい、俺はマツダで一生を終えるぞ」。そう決意してマツダの本社がある広島に行った。1972(昭和47)年5月のことだ。

正社員として採用され、車体部品庫に配属された。生活は安定し、時間の余裕もできた。がさつさを改めようと裏千家のお茶を習ったりもした。

お茶の教室と工場の間にケーキ屋があった。働いていたのはその店の娘、大学を出たばかりの22歳。彼女と恋に落ちた。

どちらかといえば古風な女性だった。彼女は宝物だった。人生で初めて大切なものを手にしたと思った。自分も、彼女も、結婚すると決めていた。

半年ほど付き合い、彼女の親にあいさつに行った。最初はそれほどでもなかったが、何度か会ううちに態度が硬くなった。箱入り娘なので、前田家の身上調査でもしたのかもしれない。彼女の父親が最後に言った言葉はいまでも覚えている。

「おまえの家が町長をしているような家なら考える」

「おまえの家とうちでは格式が違うんじゃ」

喫茶店で話しているときだった。「格式が違う」とののしられたあと、コップの水を頭からかけられた。侮辱に震えたが、我慢した。人生で最も大切な宝物が、手にしたはずの宝物が、するりと逃げた気持ちだった。

心はすさみ、仕事が手につかなくなった。彼女と心中するか、自分が死ぬかとまで真剣に考えた。

世の中にストーカーと呼ばれる人がいるが、その気持ちがちょっとだけ分かる。もちろん分かってはだめなのだが、自分も少しだけそういうことを考えた。

将来のある相手を殺したくないし、自分も人生に負ける人間とは思ってない。前田薫という男がどれだけの男であるか証明できずには死にたくもない。そのためには社を辞め、広島を離れるしかなかった。

1977(昭和52)年の3月で仕事を辞めた。

広島を離れるときの気持ちを広島弁で言えば、「いまに見とりんさい」。いまは一文無しだけど、いまに見ておれ、と。

彼女の父親の顔はいまでも忘れることができない。投げつけられた言葉もはっきりと覚えている。消そうにも消せない心の傷を負いながら考えたのは、「問題の根っこは貧乏ではないか。少なくとも大きな要因は貧乏にある」ということだった。

人間に格なんてない。家に格式なんてない。自分の家に引け目を感じたこともない。でも「格式が違う」と侮辱されたのは家が貧乏だったからだ。人生はお金だけじゃないけど、お金はいる。よし、自分で稼いでやる。

「格式が違う」が深い心の傷になったのは、それを否定できなかったことだ。若かったこともあるが、胸を張って自分の家を、自分を誇れなかったことが背景にある。

前田家の事情から物語を始めよう。

ここからは話し言葉にさせてもらう。格好つけてもしようがない。

いまの時代になにがブシぞ

自分が生まれたのは終戦から3年後、1948(昭和23)年の10月12日。沢田研二や前川清、五木ひろし、井上陽水、黛ジュンと同い年になるね。

出生地は高知県香美郡土佐山田町(現香美市)の東川。ぐるりを見回すと山、山、山。山に囲まれた集落や。

名前の薫は「偉い政治家から取った」と親父に聞いたことがある。外務大臣や内務大臣を務めた明治の政治家、井上馨から取ったと思うのやけど、なんで井上馨かは分からない。薫は菫という字を使うつもりやったようにも聞いた。まあ、役所に行って「カオルとつけちょって」とでも言うたがやろ。

生まれた家は借家やった。土佐山田町の奥に新改《しんがい》というスイッチバックで有名なＪＲの駅があって、その下のほう。東川、平山、曽我部川と、いまでも３つの集落が並んじゅう。３集落とも平家の落人がつくった里やと聞いた。

ちなみにスイッチバックというのは折り返して走る線路のこと。新改の場合、下りは傾斜の緩い引き込み線に入ったあと、バックして駅に入る。出発するときは前に進んで本線に入る。山の傾斜が急やき、こういう線路にした。全国でも珍しいよ。

子どものころ、昔の人はすごいと思うたねえ。山という山、全部開墾しとったんやからねえ。山に一歩踏み込んだら全部が段々畑。木の一本もないくらい開墾されちょった。ちっちゃい田畑やけんどね。それに肥料もなかったき、取れるコメの量はすごく少なかったと思うけど。原生林を何代もかけて開墾したんじゃろうねえ。

父親の名は博一。１９２６（大正15）年6月の生まれやった。

祖父は白川弥太郎。祖父は曽我部川の出身で、物部《ものべ》村（現香美市）の大栃で長く米穀店（白川米穀店）を営みよった。

大栃は新興の町で、外から入ってきた人が多かったんよ。大栃には田んぼが少なかったんで、祖父は土佐山田町や香北町(現香美市)で稲束ごと買い漁り、自分の米穀店で脱穀、精米して売りよった。祖父本人からそう聞いた。

父親は大栃で生まれ、母方の前田家を継いじょった。

前田家は土佐山田町佐岡の出で、「うちは士族」というのが父親の自慢やった。貧乏な生活の中でそんなくだらんことを自慢するのがあほらしく、「支配階級にある時代ならともかく、いまの時代になにが武士ぞ。野ブシかカツオブシか」と言うて思い切り怒られたことがある。

父親はカシャひきをやりよった。カシャとゆうても鉄道の貨車じゃないよ。馬にひかせる、リヤカーのお化けのような荷車。その上に乗り、前でひく馬を操って運送業をしよった。運びよったのはコメや炭、カジ(コウゾ)、薪、竹、唐芋、ジャガ芋……。山の産品を街へ運んでたんやね。

やがて運送業をやめ、炭焼きになった。家族を連れ、山奥に入って炭を焼くこともあった。そんなとき、自分は炭焼き用の山小屋から小学校に通うた。母親は東川の人で、名前は喜代。実家の田畑を使うて野良仕事もやりよった。

母親が自分を産んだのは18歳のとき。母親の妹は左喜さんという名前やけど、この左喜さんに自分は恩があるのよ。

4つくらいのときやったかなあ。左喜さんが土方(土木作業)で稼いだお金で新品の三輪車を買うてくれたんよ。真っ赤な三輪車。中学を出てすぐ働きよったき、左喜さんはまだ10代やったと思う。

うれしいっていうようなもんやなかったねえ。遊ぶ道具なんてほかにないやんか。うれしゅうて、うれしゅうて。あの三輪車にはよう乗った。左喜さんには大恩があるねえ。ありがたいことやねえ。

左喜さんにはよう怒られたよ。自分はガキのころからきかん坊やったきね。いまも直っちゃあせんけど。

「おまえは飢えたことがあるか」

父親は戦争帰りやった。18歳で陸軍に志願し、中国の戦線に行かされちょった。終戦から1年後に帰国したけんど、激戦地におったがやろうね、左腕を撃たれて頭には砲弾の破片が入っちょった。なんという名前の部隊に所属しちょったか、自分でも分からんと言いよったね。組織が壊滅しちょって。

戦争で負けたとき、階級章をつけとったら殺されるから破って捨てたと言いよった。ほんで恩給ももらわずじまいやった。申請もしてない。

ただ、陸《りく》の特攻隊におったとは言いよった。敵が来そうなところに夜中に穴を掘って隠れ、戦車が来たら背中に地雷を背負うてその下に飛び込む。むちゃくちゃなもんよねえ。そんな役目を命令されたが、行けんかった。特攻に行く前に左腕を撃ち抜かれてしもうたのよ。腕が使えんかったら穴も掘れん。這い出すこともできん。野戦病院で写した写真がいまも残っちゅう。

綿花畑を挟んで敵と撃ち合うたって言いよった。白い綿花の花畑を挟んで撃ち合うたら、花が一本もなくなったと。弾で、ちぎれて。

撃ち合いで左腕を撃ち抜かれてなかったら特攻で死んどる。しかし頭に破片が入っとるから、雨が降る前は気圧変化で頭が割れるように痛いゆうてよう言いよった。運というのは何がようて何が悪いのか。まか不思議なもんよねえ。日ごろ使うことはなかったけんど、中国語はぺらぺらやった。

命を的に戦争して、引き上げてきたら食糧難。農家の天下やった。自分が大人になったあと、小さな田んぼを作り続ける親父に「そんなちっとの田んぼ作るよりは別の仕事をやるほうがよかったがやない?」と聞いたことがある。親父の返事は「おまえは本当に飢えたことがあるか」やった。親父は飢えたことがあるんよね。

「こすいのはいかん」と、親父はそればっかり言いよった。真っすぐの男というか、こすいのは嫌やというのが信念のようにあった。

体の小さい男やったけんど、親父は力持ちやった。力では誰にも負けんかった。村一番の草相撲とりでもあった。あれだけ力を出せたのは、戦争でどこか神経がおかしゅうなったがかもしれん。おかしいといえば、暴力もすごかった。酒を飲むたびに母親や自分らあに激しい暴力を振るった。

殺されないため、実母の喜代は何度も家出をした。

自分が中学1年のとき、家を出た喜代は帰ってこんかった。父親は再婚し、その再婚相手もまた逃げた。3番目の母親、繁子が来たのは自分が18歳、妹が9歳のときやった。繁子は逃げんかった。貧乏な家に来てくれたんじゃから長男として感謝をせんといかんとずっと思いよった。

繁子は飲み屋をやりよった人で、安芸郡のはるか山奥、芸西村白髪地《げいせいしれげ》の出身やった。この人は文の立つ人で、頭も切れた。白髪も平家の落人村やったけど、もう廃村になっちゅう。聞いた話では、1971(昭和46)年に県の事業で住民全員が集団移転したみたいやね。830年前、平家の落人は四国の山を尾根伝いに逃げたらしい。壇ノ浦の敗戦後に。源氏に見つかったら皆殺しやきね。白髪も標高450メートルの尾根の上にあった。

それにしても、ある日突然母親が代わるゆうのはたまらんねえ。義理の母親やからねえ。実の親に言うようには言えんき、それがつらいわねえ。きょうだいは4人で、みんな同じ母親の子どもやった。

3歳のとき、最初の弟、誠ができた。家で母がお産をし、父親が「ほらカオル、弟が生まれた」と言って赤ん坊を抱き上げた。うれしゅうて、家の前の道を「わーい、わーい」とはしゃぎながら走ったことを覚えちゅう。

かくれんぼで真っ逆さま

70年も生きていると何度か死にかけたことがあるけんど、最初に死にかけたのが小学1年のときやった。

家で誠とかくれんぼをしよった。当時の家は2階の窓が木の板で、下側が向こうへ開くようになっちょった。分かるかな。上が固定されていて、下側を向こうへ突いて開ける窓。開けた窓はつっかえ棒でとめるようになっちょった。その窓の外側に隠れちょったら、誠が板窓を突き開いた。自分は窓の向こう側におったき、あっという間に落ちた。庇を滑り、頭から落ちた。

悪いことに、下には薪にするための木がたくさん立てかけられちょった。枝は切り落とされ、先端が槍のようにとがっちょった。そこに頭から落ちた。

右の首から木に刺さり、木は右のわきの下へ抜けちょった。つまり、串刺し。母親が「ぎゃーっ」と叫んで騒ぎゆうのが分かった。木から体を引き抜こうとするが、抜けん。「お母ちゃん僕はどうなっちゅう？」と聞くと「木から抜けん、抜けん」と言う。「そんならお父ちゃんの軍刀を持ってきて切りや」と言うたことまでは覚えちゅうが、あとの記憶はない。

どういうわけか、痛さは感じんかった。気絶して意識を失い、意識不明のまま病院に担ぎ込まれた。

山の集落やから、近くに病院なんてない。どうやって病院まで運ばれたか分からない。タクシーなのか、人の背なのか。気がついたら土佐山田町内の病院におった。動脈がたくさんある場所なのに、奇跡的に動脈は一つも切れてなかった。

庇から下まで、4～5メートルはあったろうねえ。そこを落ちて首に木が刺さったんやから、普通に考えたら百パーセント死んどる。それが1週間か10日で病院から出てきた。22針縫って。

退院して学校に行ったら先生が驚いちょった。「あんた、はや出たの！」って。

同級生が入院先に持ってくるはずやった励ましの手紙を教室で読んだからね。お金がないから親も早く病院から出したかったのかもしれんけど。当時の記憶はほとんど消えとるね。

ほら、いまもその傷痕はある。

誠は4歳のとき、大病にかかった。高熱が続き、足と腰に後遺症が残った。小児まひやった。

誠は2012(平成24)年に61歳で亡くなったけんど、曲がった足で、びっこをひきながら農作業をする誠を見るたびにむごいと思うたねえ。「貧乏でなかったら、医者に早う見せちょったら、こうはならんかったろうに」と。

貧乏は嫌やったけんど、家の中がもめるというのはもっと嫌やった。

父親と母親は頻繁にけんかするし、父親は飲んで暴れるし。ろくに仕事もしないでバクチばかりやりゆうし。家の斜め前にトミちゃんという散髪屋さんがあって、そこが近所の遊び人の賭場みたいになっちょった。

そうそう、このトミちゃんにも恩がある。

ちょっと話が前後するけど、自分が4歳くらいのときやった。左喜さんに買うてもろうた三輪車を乗り回しよって、崖から落ちたのよ。年上の子に「三輪車貸せ」と迫られて、「貸さん」ゆうてごろごろと三輪車を進ませた。そうしたら、ごろごろっと崖から落ちた。

崖の高さは10メートルくらいやないかな。崖から転がって、下の川に落ちた。落ちて、川岸でわんわん泣きよったらトミちゃんが来て助けてくれた。じゃから、バクチ場のトミちゃんは命の恩人や。それにしてもよう落ちるよね。4歳のとき三輪車で崖から落ちて、小学校1年で家の2階から落ちて。

なんのバクチかって？　花札よ。親父もね、家族を守っていこうとしたらそんなことをしよったらいかんのよ。

家の中が荒れまくっちょったから、勉強なんてできる環境じゃあないよね。そういえば手料理らしい手料理というのを食べた記憶もない。一回だけ、「串刺し」で入院中に母親がタコの入ったキュウリの酢物を作って持ってきてくれたことがあってね。そのおいしかったことはいまもよう忘れん。こんなおいしいものが食べられるんなら、ずっと病院におりたいなんて思うたもんや。懐かしいねえ。

下の弟は2歳6カ月で死んだ

小学1年のこのころ、親父が親子心中を考えたことがある。

母親が最初の家出をしたのよ。理由は親父の酒癖の悪さ以外ないけんど、酔いがさめたらまあ普通に近い人やった。

自宅の2階やった。窓の外に大きな松の木が見えたのを覚えちゅう。親父が真顔でこう言うた。「カオル、お父ちゃんと死んでくれるか」。どう答えていいか分からんかったけど、純粋に答えた。「うん、えいよ。けんど僕ら、もうこれからは大きくならんねー」。そのひとことがこたえたのか、父親は心中を思いとどまってくれた。

そのときの心情を、父親はこんな歌にしちょった。

我はいま

死出の旅路を踏みとめて

幼な我が子に命捧げん

女房に逃げられ、子ども2人を抱えて、大変やったんじゃろねえ。小さい子が家におったら働きにも出れんきねえ。

親父も精一杯の人生やったかもしれんね。

小学4年のときには火事にも遭うた。

母屋やなくて、炭焼きのために寝泊まりしよった炭焼き用の山小屋。

原因は提灯の火や。冬の早朝、母親が提灯に新品のローソクをさしてマッチで火をつけた。朝食の用意のために母親が水汲みに行ったあと、ローソクの火が屋根の藁に燃え移って。あっという間にものすごい勢いで燃えだした。隣に寝ている弟の誠と妹の節子を抱えて外に飛び出すのが精一杯やった。水汲みから帰った母親が半狂乱になって燃えさかる家の中へ飛び込んだけど、なんにもできずに出てきた。

母親の背中に火がついて燃えよった。「わーわー」ゆうてばたばたしよるけんど、火は太りよる。「お母ちゃん、そんなんで火は消えん、地面に背中から転がってこすって消さないかん」と叫んじゃった。母親がその通りにしたら、なんとか消せた。

危うく母親がバーベキューになるところやった。なんで子どもの自分が背中の火の消し方を知っちょったかというと、少年画報という漫画の付録に生活の知恵袋特集のようなものがあって、そこに載っちょったき。自分はそれを読んじょった。

この日、父親は3キロ下流の自宅に泊まっちょった。父親に知らせようと、小雪の積もった冬の山道を必死で走った。知り合いの家の玄関で話し込んじゅう父親を見つけ、「家が燃えゆう！」と叫んで火事を伝えた。山に引き返すと近隣の人らあが駆けつけてくれちょったけんど、山小屋は跡形もなく消滅しちょった。

いま考えると母親と弟と妹の命を助けたから大したもんよねぇ。

身長？　身長のことは言いとうないけんど、156チセンくらい。体が小さかったき、小中学校のときにはよくいじめられた。いま考えると、相手は理由があっていじめゆうがやないと思う。ちょっとでも弱みを見せたらずっとつけ込まれるというか。まあ、いろんなことがある。

嫌なことは忘れるもんかもしれんけど、いじめの内容やいじめた人間のことは明確には思い出せん。でも実家を片付けたとき、先祖の写真の裏から自分の手帳が出てきてねえ。そこに書いてあったのは、「俺をいじめた○○、許さんぞ」。○○というのは先輩やと思うけんど、どうしても顔を思い出せん。

そういえば小学5年のとき、6年生にいじめっ子がおった。それは顔も名前も覚えちゆう。しょっちゅういじめるそのいじめっ子が、5年生の教室前の廊下に来て自分を木刀で突いてきた。猛烈に腹が立ってねえ、ナイフを持って追いかけて背中を切ったがよ。相手の学生服の背中がすぱっと切れてねえ。それ以来、そのいじめっ子は一度も自分に寄りつかんなった。

そのころ、もう一人弟ができた。名前は豊《ゆたか》。誠、節子、豊と3人の弟妹ができたわけやけど、豊は2歳6カ月で死んだ。父親が家で宴会をやって、飲み残しの酒を誤って飲んでしもうて。急性アルコール中毒で。

豊が亡くなったのは、自分が中学2年のときやった。自分はカメラに執着があるんやけど、理由にはこの豊のことがあるんよ。豊の写真がね、一枚も残ってないんよ。写真がないからね、どうしても豊の顔を思い出せん。思い出そうとしても、どうしても思い出せんのよ。自分にとってはそれがつらいのよ。

化石のスペシャリスト

小学6年やったかな、12歳のときに東川から平山へ引っ越した。

生まれた家と母方の先祖代々の田んぼがダムの工事で立ち退きになったのよ。

ちょっと説明すると、発電のために吉野川支流の穴内《あなない》川に大きな穴内川ダムが造られた。その下流に新平山発電所が造られて、穴内川ダムとの標高差で発電をすることになった。発電後の水は平山ダムを造って貯め、今度はその水を導水路で国分《こくぶ》川上流の新改川に流して発電する。そのプロジェクトに引っかかって、うちの田んぼは平山ダムの底に沈み、住んじょった東川の借家は道路の拡幅で立ち退きになった。両親は補償金で2キロ上流の平山に家を建てて引っ越した。

後年、親父はこんなことを言いよった。「ダムの立ち退きで町に出る人は限りなくおるけんど、山奥へ引っ越したのは俺以外そうはおらん」と。「ここに決めたのは日当たりがえいことと清水が湧いているからや」とも言いよったけんど、それは本当。いまも年がら年中、きれいな清水がこんこんと湧きゆう。

山には水道がないきね、飲み水の確保は大変やから。いつやったかこんな句を水湧き場に書いたことがある。

聖水を
汲んでも尽きぬ
我が家哉

学校は面白うなかったねえ。いじめっ子はおるし、勉強は分からんし。だいたい勉強ができるような家庭環境やないきねえ。

小学校の高学年くらいからは学校をよく休んだ。ひきこもりじゃなくて、家は出るのよ。学校に行くふりをして山に行き、一日中遊ぶ。子どもたちが学校から帰るのが見えたら自分も帰る。山のほうが学校よりも楽しいわねえ。犬を飼っていて、その犬を連れてよう山に行った。まあ、野生児やね。

中学は半分も行ってないんじゃないかな。通知表をもろうた記憶はあるけど、オール1やから。いや、中3のときの理科だけ3がついちょった。野生児の本領発揮というか、30センチ大の大きなアンモナイトの化石を発見して学校に寄付したのよ。

場所は山の中の道路脇。ダムの導水トンネルが掘られたとき、掘り出した石が積み上げられちょった。その石を採って割ったら大きなアンモナイトが出てきたのよ。化石は大好きで、小学生のときから山で探して採りよった。うちらの山はけっこう化石が出るのよ。一番多いのは貝の化石やけど。

学校行かんで化石ばっかり採りよったなあ。

ツチとノミで石を割るんよ。割ってぽこっと化石が出たら、うれしいよねえ。そうそう、中3のある日、山で遊びよったら外国人と日本人の総勢3人が道路脇の石をツチでたたきゆう。「何しゆうが?」と聞くと、「この辺り、化石が出るんだ」と。

「もっと出るくを知っちゅうき、教えちゃおか」と言うて教えちゃった。そこがソテツとかシダの化石の宝庫やったき、3人とも驚いてね。中学の先生に口添えでもしてくれたがやないかな、その3人が。地質かなんかの学者さんらやったき。

刈った草につぶされそう

中学1年のとき、家に牛が来た。

当時、田んぼを耕作するには牛が必要やったんよ。耕運機もない時代やったきねえ。

それまでは牛を借りて田んぼを耕しよったんかな。それで牛がおらんでもよかったのかな。とにかく中1のときに牛が来た。

大変なのは牛のエサの確保なんやけど、最初は母親がそれをやりよった。実母の喜代。ところがその年のうちに喜代がおらんなったので、自分たち兄弟が当番になった。これがまあ、しんどい仕事やった。

牛の主食は草。冬場は稲わらやけど、春から秋にかけては田畑のあぜ岸に生えちゅう草を刈ってこんといかん。柔らかい、青い草を鎌で刈るのよ。

よその家の草は取ったらいかんき、自分の家の田んぼや畑に行って草を刈ってくる。うちの田んぼや畑はいろんな場所にあって。家から500メートルとか800メートルばあ離れちょったんやないろうか。朝、学校に行く前とか、休みの日とか、そこまで行って草を刈った。

刈った草を束にして、家まで背負うて運ぶ。2回に分けて戻ったら大したことはないんやけど、自分はずるをして1回で戻ろうとするんよね。そうなると重い、重い。とにかく重いのを目いっぱい担いで家まで戻った。戻る途中に上り坂があってねえ、そこに来るたびに小さい体がつぶれそうになった。

かわいそうなのは誠やったねえ。小児まひで足が不自由なのに。「おい、おまえやっちょけ」ゆうて命令したりして。

持ち帰った草は「はみ切り」で長さ10センチくらいに切断する。はみ切りというのはね、草を刃物でざくざく切る道具。草を突っ込んで上から刃を押し下ろすんやけど、突っ込んだ草の中に自分の手があるので危ないのよ。誠がそれで人さし指を切ってしもうて。切断寸前やった。担ぎ込まれた病院で、医者に「この傷では指はもうだめじゃや。のけよう」と言われたのよ。誠が泣いて抵抗してねえ。それで指が残った。

草を刈りゆうとき、自分も鎌でよう手を切った。山の百姓生活は楽じゃないよねえ。牛のエサはほかに大豆カスとか大麦、塩。牛用の配合飼料も買いよった。水はね、米のとぎ汁が一番ええのよ。とぎ汁をバケツに入れて牛に飲ましよった。

当時の田んぼはきれいやったよ。あぜ岸に草がなかったきね。

米のとぎ汁も牛に飲ますし、牛の糞はええ肥料になるし、資源が見事にリサイクルされよったね。

「いかん、ダイナマイトがある！」

中学を出たのは1964(昭和39)年の3月やった。この年は秋に東京オリンピックが行われた。東京タワーができて、首都高速道路ができて、テレビが普及して、オリンピック。高度成長のまっただ中やね。社会全体が若い労働力を必要としていて、中卒生が「金の卵」と呼ばれたりしよった。集団就職という言葉もあった。中学を卒業したばかりの15歳が先生に引率され、集団で大阪や東京に働きに出るの。東北や九州からは上野や東京行きの専用列車が走り、高知県の山間部からは列車と船で大勢の中卒生が都会へ働きに出た。

土佐山田町の町中にあった学校やったきやろうね、自分が通う中学からの集団就職はなかった。そもそも就職する人が少なかったと思う。

自分は3月初めから家で農作業を手伝いよった。

しばらくして自動二輪免許の試験場が近くに出張してきてね、自動二輪の免許を取った。16歳になったら免許を取れたきね。

その年の10月12日が16歳の誕生日やった。

実技はともかく、筆記試験は難しかったねえ。なにせ勉強というものをしたことがない。漢字を勉強する大切さを痛感した。漢字を知らんと問題も分からんきね。どうやって勉強したかというと、当時は平凡、明星という雑誌があって、その付録に歌謡曲の歌詞が付いちょった。それを教科書にして漢字を覚えた。

歌詞にある漢字の意味を辞書で引いて暗記するがよ。学校で習うた漢字より自分で覚えた漢字のほうがはるかに多いよね。ホント、寝る間も惜しんで勉強した。

試験に合格して自動二輪の免許を取ったら、「肥料屋が人を探しゆう」と言うてくれる人がおって。それで町の中心部にある大谷肥料店に勤めることになった。

誕生日を迎えた10月に免許を取って、その月のうちに勤めたと思う。社長と奥さんの2人でやりゆう店やった。店のスーパーカブに肥料を積んで配達した。

翌1965(昭和40)年の正月、セイイチという若者が平山に帰省してきた。「セイちゃん、いまどこにおるが?」と聞くと、十和村《とおわ》(現四万十町)で土方をしゆうよと。そこで働けるというので、1月10日、セイイチに付いて十和村に行った。結局、大谷肥料店に通うたのは3カ月くらいやった。

十和村での仕事は水路の改修やった。寒かった。少しでも寒さをしのごうと、最初にぶ厚い肌着を買うたのを覚えちゅう。

2月のある日、その日の昼食後に地元の人らと焚き火をしようった。火に当たりながらふっと左を見ると飯場にしちょった建物の屋根がごんごん燃えゆう。大豆殻を燃やして焚き火をしようったんやけんど、それが強い風に舞って茅葺きの屋根に落ちたんやね。

飯場にしちょったのは里川という小さな集落にある河内神社の寄り合い所やった。この小さな集落にこんなに人がおったがか、とびっくりするばあ多くの人が集まってきた。みんなでバケツリレーをやりゆうときにセイイチが血相を変えて戻ってきて、「いかん、ダイノマイトがある！」。叫びながら火の中に飛び込んでいったのよ。

びっくりして見よったら、セイイチがダイナマイトの箱を抱えて飛び出してきた。セイイチの髪は火に焼けてちりちりやった。「カオル、手伝え！」と言うので、「どうするが？」と聞くと、セイイチは外にあった便所の中へ走り込んだ。いまのような水洗トイレではなく、糞尿落としだけの便所。セイイチに言われるまま、一緒になってその便つぼの中へダイナマイトと雷管をクワの柄でつき込んで隠した。まあ、臭いのなんの。これがほんとのババ隠しよねえ。

もう時効やから言うけんど、ダイナマイトは保管庫に入れておかんといかん。保管庫は現場から遠いき、いちいち取りに行くのは面倒くさいと思うたがやろうね。セイイチは現場に近い飯場の枕もとにダイナマイトと雷管を内緒で隠しちょったがよ。ひとつ間違うたらダイナマイト50本が大爆発。そらもう大惨事やった。

仕事のスタートがそんなあんばいやき、ろくな人生じゃないわね。

まあ、無法地帯よね

次の現場は隣の大正町（現四万十町）四手《しで》の川で、道路の拡幅工事。終わったあとでいったん実家に帰り、次はすぐに大豊町の大杉へ。のちに四国一の建設会社になる大旺建設（現大旺新洋）の前身、柳生建設の現場やった。「酷道」という言葉がぴったり合う国道32号の道路拡幅工事で、1965（昭和40）年8月末までの4カ月間をここで過ごした。誠に早う布団を買うちゃりたい、そんなことを思いながら仕事をしよった。

再びいったん実家に帰り、翌年は梼原《ゆすはら》町久保谷の林道敷設現場へ行った。

この飯場は電気がなかった。エンジン付きの発電機を回して灯りをとりよったんやけど、燃料の補給は自分の受け持ちやった。これがけっこう難しゅうて、ガソリンを適当に入れたらエンジンが止まって真っ暗になる。最初は混合エンジンのことも知らんかったき、ガソリンだけ入れて真っ暗になったりした。

親方夫婦がえい人たちでね、失敗をしても怒られんかった。

娯楽は花札。おいちょカブ。こっちはガキのころから親父の賭場の岡目八目で鍛えられとるから強いのよ。飯場仲間をけっこうカモにできたなー。あんまり勝つので親方の奥さんが「わー!」ってあきれとったのも懐かしい思い出やね。この久保谷の現場は、まだ一度も人間が木を切ったことがないという超山奥の原生林やった。

現場ではダイナマイトを爆発させる仕事をやりよった。

ダイナマイトをね、油紙から外して団子にするの。大木の根にナタで深い溝をつけてそのダイナマイトを貼りつけ、導火線にたばこの火をつけて爆発させる。当時、大型機械はブルドーザーだけ。大きい根っこをどけるのは大変な苦労やった。毎日毎日、ダイナマイトを使うて根っこを爆破してのけよった。

ダイナマイトはズボンの後ろポケットに入れちょった。雷管はたばこのプラケースに入れて胸ポケットに。導火線は腹に巻いて。全身超危険人物のスタイルやね。

ダイナマイトを川へ放って遊んだりもした。余ったダイナマイトに導火線をつけ、火をつけて川へ放るのよ。でっかい音と水しぶきが上がって、大きな岩がグワングワンと動いて。真っすぐに上がった水がパラパラ、ザーって落ちてくる。それが面白うて。いまならダイナマイトが1本なくなってもおおごとやけど、当時は在庫管理ができてなくてね。まあ、無法地帯を絵に描いたみたいなもんや。

梼原から実家に戻って間もなく18歳になった。普通免許を取れる年になったけど、一気に大型自動車免許を取ろうと考えた。大型を取ったらたいがいの車は運転できるきね。自動車学校はお金がかかるき、一発試験を受けることにした。

自動二輪の免許を持っちょったので法規は免除、筆記試験は「構造」だけやった。それだけを勉強したらえいき、今度の筆記は簡単やった。5分でできた。難しいのは実技試験やったけんど、それも3回目か4回目で合格した。まあ、土木作業の現場で大型ダンプを乗り回しよったきね、運転は慣れちょったがよ。

当時は普通免許を取らず、いきなり大型免許の取得ができたええ時代やった。大型免許を取得したことで、仕事の幅が広がった。国鉄後免《ごめん》駅の前に甲藤農機という会社があって、1967(昭和42)年1月からそこで働いた。仕事の中心は農業機械の修理やった。貧乏育ちやったき、どんな修理でも自分でやる癖がついちょった。それがよかったというか、器用やったがやろうねえ。器用というのはのちのちも役に立った。

甲藤農機におった時期はわずかやったね。あるとき「おまえの田舎にフルタという家があるやろ、そこに売り掛けの金があるから集金に行け」と言われた。地元で集金なんて嫌でたまらんかったけど、仕事やから仕方ない。フルタさんの家に行った。フルタさんが「高知の造船所で働きゆう」と言うので、その場で頼んだがよ。「そこ、紹介してや。いまの仕事やめるき」

で、入ったのが高知市仁井田にあった高知重工の下請け、今井組。

技術職のほうが日当がいいと聞いて、溶接工の見習いになった。見よう見まねで溶接の仕事を始めたところが、やり始めると少しでも上手になりたいわねえ。仲のいい先輩に教えを請い、昼休みに一人で溶接の練習をした。

電気溶接技能の講習を受け、社内の実技試験に受かってめでたく一人前の溶接工になった。自信がついたのは、人ができることは自分もできると思えたこと。でも、どうしても追いつけん人もおる。溶接の世界でも名人級はおるからね。同じ仕事をしても、とにかくきれい。自分は上の中くらいかな。

高知重工には平山からマツダの箱バンで通った。見習工のときは給料が安くてね。家族に少しはお金を渡したかったので、夜も働くことにした。

キャバレーに勤めたがよ。高知の街の真ん中にツバキという大きなキャバレーがあった。高知重工は午後5時に仕事が終わるき、8時からツバキのボーイをした。服を着替えてね、蝶ネクタイをして。トレーにビールを乗せて運ぶのはいまでもうまいよ。仕事が終わるのは午前1時くらいじゃなかったかな。

こんなおいしいお茶があるんか

ツバキに来る客は高知の社長連中が多かった。注文するのはＶＳＯＰっていうブランデーの一番高級なやつ。それをがぶがぶ飲むわけよ。18歳の自分から見たら夢の世界。「いつの日か、ＶＳＯＰが飲めるようになりたい」なんて思ったなあ。

あとはビフテキね。厚切りにしたのをナイフとフォークで食べる。こっちの食べ物はおじゃこと野菜の煮しめくらいやったから、あこがれたねえ。いま考えたら毒みたいなもんにあこがれちょっただけやけど。

歌手も印象に残っちゅうねえ。中央の歌手が高知まで来て歌うのよ。生演奏のバンドが付いて。田舎の百姓の小せがれからすれば夢の世界よねえ。黛ジュンとか青山和子とか、来たねえ。2代目のコロムビア・ローズも来た。ボーイや掃除をやりながら、舞台にスポットライトを当てる仕事もした。

ツバキに高知重工の役員が来たこともあった。「あら、おまえは?」と言うので、「ここでアルバイトしてます」と。チップを500円くれて、うれしかったなあ。見習工が役員と仲良うなってしもうた。

ツバキでは営業開始前に訓示があって、あるとき「きょうは襟を正してやりなさい」と言われた。なんのことはない、ヤクザの出所祝いや。でもヤクザの人はだらだらすることがなくて、帰り際がすかっとしてたね。普通の人はけっこうだらだらと居続けるがやけんど、それがない。すぱっとみんないなくなる。みんな真っ黒いスーツでね。とにかく引き際がきれいやったのを覚えちゅう。

あと、覚えちゅうのはツバキのボーイの掃除の速さ。終業になったらすごい勢いで素早く走るのよ、掃除に。ダーッと走って、いすをテーブルに上げて掃除する。そうしたらね、下によくお金が落ちてるの。早い者勝ち。

いつの間にか自分も走るようになったけど、お金を拾うたことはない。速さが違うた。僕がもろうたのは高知重工の役員からもろうた500円だけや。

あの時代は若いもんがどんどん社会へ出たき、職場にも活気があったねえ。

高知重工にいた1967(昭和42)年ごろは高度成長の終盤で、その好況ぶりをいざなぎ景気とも呼びよった。カラーテレビ、クーラー、マイカーが新三種の神器ともてはやされたのもこのころ。働けば働くほど給料をもらえ、消費が伸び、景気がよくなる。そんな時代やった。ちなみに旧三種の神器は1950年代末ごろの白黒テレビ、冷蔵庫、洗濯機やったね。生活スタイルがどんどん変わりよった。

高知重工では死にかけたことがあるよ。

小学1年のとき以来、2回目の九死に一生やった。修理中の漁船の鉄板を伝馬船に乗って溶接しよったとき、伝馬船がすーっと漁船から離れたがよ。上半身は溶接先、下半身は伝馬船にあるき、そのままでは海に転落する。海には高圧の電気が漏れちょって、海に落ちたら即感電死や。あわや転落、というところでオカサコ先輩が思い切り伝馬船へ引っ張ってくれた。危機一髪で助かった。

このオカサコ先輩が溶接の名人やった人。溶接の知識に詳しゅうてね、当時は兄貴のように慕いよった。

高知重工を辞めたあと、オカサコ先輩と大阪に行った。箕面市の焼却場造りの現場。溶接工として働いた。溶接の資格を持っちょったら仕事はけっこうあったきね。

受け入れてくれたのは高知重工で知り合うたオカサコ先輩の友だちで、焼却場造りの現場で働きゆう人やった。

大阪のその人の家でね、生まれて初めて紅茶をごちそうになったんよ。衝撃を受けたねえ。世の中にこんなおいしいお茶があるんかと思うた。甘くて、おいしくてねえ。自分ら山の茶を枝ごと炙ってやかんに突っ込んで沸かしてたから。それはそれでおいしいけどね、砂糖を入れて飲むお茶なんて知らんかったきね。

紅茶を入れてくれた奥さんに「初めてですけど、これおいしいですね」と言えばよかったなあ。それ以来、いまでも紅茶は好きよ。

あと一歩でプロボクサー

1968（昭和43）年5月、箕面の現場が終わったあと、和歌山市に行った。住友金属のでっかい工場で、大型ダンプやトレーラーの運転手をした。大型免許を取っても、取得後2年、20歳にならんと公道では大型自動車を運転できんのよね。けど住友金属は超のつく大工場なので、構内を大型ダンプやトレーラーが走り回りゆう。それなら19歳でも運転できたのよ。これは楽しかったなあ。

大型トレーラーに長ーい鋼管を積んで、次の工程の場所まで運ぶ。仕事はいくらでもあって、残業も夜勤もやりたいだけできた。残業をやればやるだけ給料をもらえたき、ものすごい給料をもらうことができた。事務職の人が月2万、3万のとき、自分の給料は14万とか15万円。給料を渡す事務員がびっくりしよった。

高知の田舎の人に声をかけて、自分がいる下請けの湊組に雇ってもろうたりもしたよ。カドワキ君、オノ君、スズキ君、オオヒラ君、モリナガ君が田舎から来て働いた。

高度成長というか、日本の戦後が大きく変わりゆう時代やったねえ。

この年はメキシコオリンピックがあった。川端康成がノーベル文学賞を取ったのもこの年。社会を驚かせたのは3億円事件やった。東京・府中市で偽の白バイが現金輸送車の3億円を奪った事件。警察が必死に犯人を捜し続けたけんど、時効になった。

学生運動も盛んやったし、ベトナム戦争も激しゅうなっちょったし、社会がなんとなくざわめいちょった。

給料が増えたので、自分は大阪まで行って中古車を買うた。道ぶちの中古車屋にあったスカイラインを、「これええわ、これ買うわ」と。

「ハコスカ」の1代前のスカイラインやった。スカイラインにはどれも愛称があって、この型は「羊の皮を被った狼」。色は白。

和歌山ではボクシングジムにも通うたよ。

小さいころいじめに遭うたので、自分の武器になるものを身につけたらいいかな、と。平たく言えばケンカに強うなりたいと思うたわけ。クラトキというボクシングジムで、プロボクサーに原田哲也さんという大方町《おおがた》(現黒潮町)出身の憧れの人がおった。クラトキボクシングジムの現会長やね。

ジムは住んじょった寮からそう遠くはなかった。1年半くらい通うた。プロの試合に出るくらいまでいったよ。でもスパーリングでね、プロでばりばりやりゆうライト級の選手にぼこぼこにやられて。

自分は当時最も軽いフライ級で、ライト級は重量級に近いくらい。ウエートがめちゃめちゃ違うんやけど、当時は「けんかは無差別級や、大きいのにも勝たないかん」と思いよったきね。フライ級とはそれまでに何度もスパーリングしちよったき、ライト級ともやれると思うて。やってみたらぼこぼこにやられて。

ものすごいのよ、パンチが。でっかい松の木で殴られゆう感じ。意識はあるのに腰が抜けたようになって足が動かん。ほんと、意識はあるんやけど。

根性があると見えたんやろねえ。蔵時金太郎会長に「4回戦に出るか?」と聞かれたけど、こりゃあいかんと思うて出るのはやめた。4回戦というのはプロになって最初にやる試合。つまりプロテストを受けて4回戦に出んか、と誘われたんよ。受けさえすればプロテストには受かったと思う。4回戦、出てたらよかったなー。

なんで競輪なんかに…

そんなこんなで和歌山で20歳になり、翌1969(昭和44)年1月の成人式には帰郷せずに競輪に行った。なんで競輪なんかに行ったんかなあ。誰かに誘われたとは思うけんど、よう分からん。帰省費用にするつもりやったお金を持って和歌山競輪に行って、有り金全部巻き上げられた。

予想屋の人が「最終レース、3—4で間違いない。悪くても4—3」って言うがよ。3―4と4―3を有り金はたいて買うたらどっちかは当たる。元は取れる、と思うたがやけんど……。結果は1―6の大穴。

それ以来、バクチ場には行ってない。1回だけの経験や。

もともと生活をできるだけ切り詰めて、あとは全部送金しよったきねえ。ほんで、ゆとりのあるお金を持ったことがない。自分が家族にできることは送金しかないと思いよったき、15歳から28歳までは送金を欠かさんかった。28歳でやめたのは、自分の人生を考えないかん年になったということ。

15歳から働いて、遊びというのはほとんど記憶がないねえ。映画も2回しか見たことがないし。働いては仕送りし、働いては仕送りし。ずっと仕送りを続けた。

何が大切って、家族ほど大切なものはないと思う。仕送りのかいもあって妹の節子は高校まで行けた。節子が高校を卒業するまではどんなことがあっても仕送りを続けようと思いよった。

仕送りはほとんどが現金書留やった。家族も「もうすぐ兄貴から送ってくるよ」って期待しちょったみたいやね。つらかったのは、どうしても都合がつかなくて送金が遅れたとき。「お兄ちゃん、送ってくれんね」って言われたときはつらかったねえ。

ときには電話をかけたし、かかってきたりもした。このころになると実家も黒電話をひいちょったき。

成人式を迎えた年の7月、和歌山の湊組の寮でアポロ11号の月面着陸を見た。あれは20世紀最大のショーやったねえ。寮のみんなが大歓声を上げて見た。

考えてみてよ、50年前に人類が月に着陸したんよ。それを生中継で見て。アームストロング船長のせりふはこうやった。「これは一人の人間にとっては小さな一歩だが、人類にとっては偉大な飛躍である」。興奮したねえ。アナログを馬鹿にする人が多いけど、アナログの時代も捨てたもんやないと思う。

ほろ苦かった初ビフテキ

それから間もなく高知へ帰った。

行った先はまた高知重工で、溶接工に戻ったの。

そのときも夜、アルバイトをした。来々軒ゆうて、高知市升形の中華料理屋。出雲大社土佐分祠の西側、枡形の電停前にあった。当時、夜遅くまで開いてる店は少なくてね。ところが来々軒は12時過ぎまで開いちょったのよ。そこでアルバイトをしたけど、旦那さんも奥さんもすごくよくしてくれた。食事も付いちょったね。

ひとつ思い出があって。夜中にパン助の人、つまり娼婦の人が食事に来たのよね。30歳ぐらいの人で、1人で来た。

その人が「なんか食べたいもんはないか?」と自分に聞く。「僕はステーキゆうもんを食べたことがない」と答えたら、「ほんならそれ、頼みや」と言う。ごちそうしてくれるとゆうことや。

ごちそうしてもらうなんて、自分はすごく悪いと思うてねえ。だって苦労して稼いだお金だろうに。自分にとってビフテキはすごい高級な夢の食べ物なのよ。それをごちそうになるのは申し訳ないという気がしてねえ。でも断れなくて、ごちそうしてもらった。

値段は忘れたけど、２千円くらいしたんじゃなかったかなあ。すまんなあという気持ちでいっぱいやった。初めて来た人でね。もっと安いもんを言えばよかったんじゃろうけど。

おごってもらう理由がなかったからね。すまんねえ、申し訳ないねえと思いながら食べた。味は、覚えてない。おいしさを感じるよりもすまんねえと思いよったきねえ。いま考えたらパン助の人じゃないかもしれんけど、水商売は間違いない。苦労して稼いだお金じゃろうに。

それが生まれて初めて食べたビーフステーキやった。僕のビフテキはあの来々軒が始まりや。

　ビフテキっていえば、うちの家は肉食がなかったのよ。なぜかというと、親父は「誠が病気になったときに願をかけた」と言いよった。肉を食べませんから誠を助けてください、ということや。「じゃから俺は一生肉は口にせん」と言いよったきね。

　ただ、ウサギは食べよった。「鳥はえい」ゆうて。ウサギは鳥の仲間に入るがやね。

クラウンつぶしてしもうた

　高知重工を辞めたあと、自分で運送屋を始めた。運送屋の下請けに入って。友だちから借りた4トントラックで主に石灰を運んだ。友だちのトラックやき、いまで言う白ナンバー(自家用、つまり違法)。それで南国市の稲生《いなぶ》から京都とか徳島へ石灰を運んだ。

石灰だけやなく、安芸郡の安田町から醬油や味噌を運んだ。ところがその醬油工場で大失敗があって。トラック助手のオノ君が勝手にエンジンをかけて、トラックが前に進んでしもうて、社長の新車のクラウンをつぶしてしもうたのよ。少々稼いでも高級車のクラウンつぶしては追いつかん。あえなく運送屋は倒産よねえ。

これはダメやなあというのはその前から思いよった。下請けで入っちゅうがやけんど、元請けがなかなかお金をくれんのよ。で、燃料代にしてもフェリー代にしてもこっちの持ち出し。収入がないのに支出ばっかりやった。

１９７０(昭和45)年、また造船工に戻った。行ったのは山口県下松市の笠戸島にある笠戸船渠(現新笠戸ドック)。そこで前田組というのを作って組長になった。ヤクザの組じゃないよ。まあ、いわば孫請け集団やね。この年には大阪で万国博覧会が開かれた。三島由紀夫が市ケ谷の自衛隊駐屯地で割腹自殺するという衝撃的な事件もあった。

前田組で自分の下にいたのは2〜3人。オノ君も一緒に行ったけんど、18歳になると彼はすぐ北海道の自衛隊に入った。

笠戸島では事務員のヒグチさんとそのお母さんにほんとにお世話になった。優しい人でねえ。身も心もボロボロの自分を励ましてくれたねえ。運送業でつぶれたあとやったし、金もないのに自分の組を持つというのはいろいろと大変ながよ。同じ年のうちに三重県に移った。今度は津市の日本鋼管津造船所(現ユニバーサル造船津事業所)。25万トンタンカーを年に6隻仕上げるハードな職場やった。船主が検査に来るがやけんど、まあチェックが厳しい。やり直し、やり直し、ノー、ノーって。

船主はほとんどが外国人やった。やり直しになったら、もう一度溶接棒で肉を盛っていく。タンカーの一番華やかなころやったね。この時代、日本の造船業は毎年ぐんぐん伸びよった。それが頭打ちになったのは、あとで触れる第1次オイルショック。がくっと造船需要が落ち、特にタンカーは船腹の過剰が目立つようになってしもうた。

三重には4～5人の前田組を率いて乗り込んだ。人を魚に例えるとね、きれいな大きい川で大企業と行政が生きのいい魚をすくう。大きな網目の網を使って。そのあと、ちょっと小さい川で中堅企業が少し小さな網目で魚をすくう。われわれはね、ヘドロの川で、ちっちゃい網の目で魚をすくうのよ。いい人材は採り尽くされていて集まりにくいのよ。

三重ではほんとうに苦労した。下請けの下請けで働いてくれる人には保険も保証もない。だから定住もない。日当めあての流れ者というのは使いにくいというか、大変な人たちというか。無断欠勤は当たり前。ろくに仕事に来ない。

人が欠けたらその部署に穴が空く。責任をかぶるのは孫請けを引き受けちゅう自分なのよね。胃は痛うなるし、とにかく組が組の体をなしてない。弟の誠も応援に来てくれて頑張ったけんど、無理やった。苦しみながら、思うたね。

「もういやや、もう二度と人を使う仕事はせん！」って。

まじめな連中は別の下請け、孫請けに引き取ってもらって、前田組を解散した。考えてみると無理もないよね。まだ22歳くらいやったき、流れ者の猛者たちを扱えるはずがない。

　この職場ではこんな思い出もある。通勤のマイクロバスの運転手を任されちょったんやけど、あるとき横に座った男が「はよ行け」ゆうて足で蹴ってきた。普段から意地の悪い男やった。こっちは仕事がうまくいかんで気持ちが荒れまくっちゅうわねえ。みんなを送って降ろしたあと、その男に「ちょっと待て」ゆうて。バスから降りたところで思い切り殴ってやった。プロデビューこそしてないけんど、こっちはボクシングジムに通うて鍛えちゅうきね。素人との殴り合いに負けるはずないわねえ。

　あとでその男が元請けの社長に連れられて「すまんかった」ゆうて謝りに来ちょったけど、かわいそうにすごい腫れた顔になっちょった。

「繁藤は危ない。行くな！」

高知に帰ったのは1972(昭和47)年の初め。前田組を営んだ失敗から学んだのは、「サラリーマンが一番いい」ということ。じゃあサラリーマンをするにはどこがいいか。選んだのがマツダ、広島の東洋工業やった。

当時、ロータリーエンジンの成功で景気がよかったきねえ。普通のエンジンはピストンが往復運動をするんやけど、ロータリーエンジンはローターが回転運動する。世界でマツダだけがこのエンジンの量産化に成功しちょった。

あのころは「車の将来はマツダが変える」って本気で思いよった。水素ロータリーエンジンとか、ディーゼルロータリーエンジンとか、いまでも無限の可能性を秘めたエンジンやと思うんやけど。それができてこんのは開発資金の問題か、それともエンジンの構造に問題があるのかなあ。

俺はマツダで一生を終えるぞ。そう決意して広島に行ったのはその年の5月。マツダゆうたら広島で一番の会社やきね、簡単には入社できん。採用されても本採用とそうでない人に分けられる。臨時で雇用された人は契約の期間が過ぎたら帰るしね。

自分の場合は運がよかったのか、正社員で採用された。正確には半年くらい仮採用で働いて、そのあと正社員になった。

大きい会社はすごいと思うたのは、身上調査に高知の家まで来とったからねえ。「おまえ、履歴書うそ書いとるやないか」って言われて。でたらめ書いたわけやないけど、なにせ自分の場合は定職に就いた期間がほとんどない。履歴書なんて書きようがないからね。

身上調査の中身は思想調査じゃなかったろうかねえ。連合赤軍の浅間山荘事件の時分じゃったから。武装した過激派が人質を取って長野県軽井沢町の保養所に籠城したのよ。機動隊との攻防がテレビで延々生中継され、全国民がかたずをのんで見守った。カップヌードルがメジャーに昇格したのもこのときの生中継がきっかけらしいね。機動隊員が食べるのが全国に流れて、一気にブレークしたのよね。

この年は田中角栄さんが総理大臣になって、日本列島改造がブームになったりもした。日中国交正常化や沖縄の本土復帰が実現したのもこの年やった。

マツダでの社員番号はC725974。職場は広島市宇品《うじな》工場。人生最初で最後のサラリーマン生活やった。大型免許を持っちょってフォークリフトに乗れたので、部品庫に配属された。2交代。多忙時は残業あり。工場は昼夜体制で動きよった。

勤めて1カ月ちょっとたったときに繁藤《しげとう》災害が起きた。

繁藤というのは実家のある平山の近く。国道32号沿いで、JRの繁藤駅もある。1972(昭和47)年7月5日、すさまじい集中豪雨で山の斜面が崩れ、人家が埋まって1人が生き埋めになった。近隣の消防団がどっと集まり、重機を使って助けようとした。雨はさらに激しく降ってくる。100人以上の人が集まって救出活動をしているちょうどそのとき、集落の後ろの大きな山が山ごと崩れ落ちた。

崩れ落ちたというか、大きな山が山ごと対岸までずり落ちた感じ。国道32号をはね飛ばし、国道に沿って並んでいた人家を埋め、国鉄繁藤駅に停まっちょった列車も飛ばして埋めた。犠牲者は60人。大惨事やった。

このときね、実母の喜代から実家に電話があったらしいんよ。あとで家族から聞いたんやけどね。「カオル、繁藤に手伝いに行ったらいかん」ゆうて。自分が実家におると思うて電話してきたんやね。

母親がどこにおったか知らんけど、なんぼか心配したんじゃろ。子どものほうは生きていくのに精一杯やから親を思うゆとりもないけど。

実の母親とは中学1年のときに別れてから何回かは会うとる。母親が土佐山田に帰ってきたときもあったよ。あれは自分が16歳のときやったねえ。大谷肥料店に勤めゆうときやった。母親は山田西町のバス停におった。そこへ自分は単車で行った。びっくりしとったわ。「大きな単車に乗ってきたねえ」ゆうて。「しばらく会わん間に大きゅうなって」ゆうて涙流しとったなあ。

そのとき自分は250ccのホンダ・ドリームに乗っとった。中古を買うたか、誰かにもろうたか、覚えてないねえ。当時、うちの田舎にも裕福なお坊ちゃんがおってね、その人のをもろうたり買うたりしよった。ホンダ・ドリームもその人から安うに買うたのかもしれんね。

上司がアホに見える

マツダの話に戻ろうか。勤めて痛感したけんど、サラリーマンというのは日雇い労働や自営業とは月とすっぽんやね。給料日には必ず給料が振り込まれるんやから。早い話、一生食えるんよね。マツダで友だちになったセキ君は家を買うて、奥さんと暮らして。いまは定年退職してのんびり暮らしとる。このセキ君は困ったときに親身になって助けてくれる得難い友人でね、いまだに交流があるよ。

サラリーマンはね、自由になる時間もすごく取れる。

勤めて1年たたないくらいの時期に裏千家のお茶を習い始めたのよ。大きな理由は精神修養のため。あわてんぼうで気が短かかったからね。

週に1〜2回通いよったら、お年を召した女性の先生に重宝されるようになって。男手がないからね。力仕事とか、雑用とかをするうちに。気に入ってもらったあと、先生が特別にいろんなことを教えてくれてねえ。生活のことや人生訓、お寺のお坊さんの講話のようなもんやね。

先生の教えの一つが「学は親がつけてくれるもの。教養は自分でつけるもの」やった。その教えはいまも心に残っちゅう。

茶道では和室を歩くときの心得とか、すべてを教えてくれた。袱紗《ふくさ》の扱いから始まって障子の開け方、ふすまの閉め方も習うた。箸の持ち方もあってね。右手で上から持って、左手で下から受けて、右手がくるりっと回って持つの。蹲《つくばい》、柄杓《ひしゃく》の扱い……。きりがないくらいよね。

この教室に通ったのは、寮から一番近かったから。詩吟もやったよ。これは寮に同好会ができて、一番最初に入会した。広島水真流《すいしん》。

書道は宇品の近くの御幸町に習いに行った。書道を習ったのはね、お茶をしていると掛け軸の文字を読まないかんかったから。最初に木簡体という字を習うた。当たり前やけど、木簡体なんて聞いてもぜんぜん分からん。こっちは中卒で、それもあんまり学校に行ってない人間やし。ミヤケっていう芸術家肌の先生やったなあ。ほかにも陶芸の教室を開いていて、熱心に指導しよった。

自分にとっては詩吟も書道も茶道が生み出すのよ。階段を上がれば上がるほど見える世界が違う感じ。お茶の先生になろうなんて思うてたわけやないけど。夢はちょっと芽生えとったのよね。将来、自分の茶室と庭園を持ちたい。そこでお茶を点ててみたい、と。

日本庭園も好きやしね。ずっとあとに金沢の兼六園へ行ったとき、びっくりしたなあ。あまりにも素晴らしいので。

お茶の思い出といえば、これもずっとあとやけど、こんなことがあった。ちり紙交換で高知市の旭町界隈を流して回りゆうとき、お茶の稽古をしゆう場に行き合うたのよ。呼ばれて古紙を取りに行くと、お茶の点て方でも位の高い花月という茶席やった。それを見たとき、広島の教室で習っていたことを思い出してつい口が出た。「今日は飾り棚で花月のお遊びですか?」と。

亭主役の女性がびっくりしてねえ。「まあー、あなた、何屋さんて……」。はい、ちり紙交換です。

広島で楽しくサラリーマン生活を続けよったけど、しばらくすると人間関係が合わんようになってきた。組織の中での動き方というのが身についてなかったんやろね。周りがごますりばかりに見えて仕方ない。上司に対してね、ごまをするのよ。それがどうにも体質に合わんというか、土佐の血が騒ぐというか。上司もアホに見えるからうまくいくわけがない。しょっちゅう上司と衝突した。

悪いことに、第1次オイルショックでマツダの車がピタッと売れんなっちょった。

広島に行って1年半くらいたった1973(昭和48)年の秋ごろにオイルショックが起きてねえ。第4次中東戦争をきっかけに、原油価格が大幅に上がったの。うわさ話からトイレットペーパーの買い占め騒動が起きたりしたんやけど、車の燃費にも目が向いて。ロータリーエンジンはガソリンを食うという悪評がぱあっと広がって。

実際はそれほどのことはないと思うがやけんど、そういう評判がぱっと広まってロータリー車の売れ行きがぴったりと止まってしもうた。

売れ行きが止まったらね、職場の雰囲気ががらっと変わってしもうたのよ。生産縮小に伴う配置転換が始まって、職場の雰囲気を思い切り悪くしたんよね。作業着を着て昨日まで工場で働いていた人が、突然全国の営業現場に出向させられるがやき。

工場で働いてた人がいきなり車の営業なんてできるわけがない。でもやらんとクビやき、やるしかない。不安でいっぱいのそんな人たちを広島駅で万歳三唱しながら何人も見送って、みんな自分はそうならないように願う。上司にごまをする。とにかく職場の雰囲気が真っ暗になったがよ。

大失恋から学んだこと

職場の暗さを感じながら働きよった1976(昭和51)年、自分には自分でもっと大きな問題ができた。そう、人生最大のトラウマって最初に言うた大失恋。

寮からお茶の教室に歩いていくと電車道に出る。そこにケーキ屋があった。あるとき、お茶の帰りにケーキを買いに入ったら、びっくり。目の前で売り子をしゆう子があまりにも器量がよくて、清らかで、美人で。一目惚れというか、とにかく魅力的やった。

それからしばらくあとで、その子が店の前の電停で電車を待ちゆうのを見た。店から自宅に帰ろうとしよったがよねえ。思い切って「こんにちは、少しお話させてくれませんか」と声をかけたら、なんとOK。嫌がられるかと思うたけんど、そんなこともなく、近くの喫茶店で話をした。それが彼女との出会いやった。

地元の大学を卒業したばかりの22歳。自分より5つ下やった。卒業して、実家の洋菓子店を手伝いよったんやね。電停でのことを、あとでこんなふうに言いよった。「あなたを見て、帰る電車を1本遅らせたのよ」と。向こうも声をかけてくれるのを待ちよったわけや。そのときなんの話をしたか、舞い上がっちょって全く覚えてない。

人生最大の宝物やった。半年くらい付き合うたかなあ。わずかな、線香花火みたいな付き合いやったけど、そのわずかな期間が自分には百年にも二百年にも感じられた。お昼の弁当を買うて、近くの広場とか港で食べて……。毎日のように会うた。誰が見てもびっくりするくらい仲がよかった。

一緒になりたいですって向こうの親にもあいさつに行ってるからね。向こうにしたら大事な娘をやるということで身上調査したんやろねえ。調査したら、それはろくな家庭やないわねえ。

向こうの父親は自分の実家の近くまで調べに来とったんよ。近所の人が話を聞かれてね、その近所の人が自分の親父に知らせて、親父から電話がきた。「おまえを調べに来ちゅう人がおるぞ。ケーキ屋の親父じゃ言いゆうぞ」と。高知の山の中まで行くくらいじゃき、徹底して調べたんじゃろうねえ。

「家の格式が違うんじゃ」ゆうて頭から水をかけたときの相手の親の顔はぜんぜん忘れんきね。うちは貧乏やったき、そう言われてもしようがない。けんど人の値打ちはお金やないぜねえ。貧乏ゆうて人を卑しめるのが一番いかんと思う。そういうものに負けたらいかんというのは自分の原動力になっちゅうね。

それにしても、コップの水をかけるんぜ。かけられたのは最後に会ったときやった。向こうのお母さんとも何度か話したことがあるんよ。「確かに僕は貧乏や。学もない。一緒になれば苦労はかける。でも苦労が実らんような苦労はさせんよ」と言うたんやけどね。実家の家計を助けてきて生活力はしっかりあるつもりやったから。

この絶望が次の仕事への動機付けになったと思う。

世の中を生き抜くバネになったと言うたらえいかな。人生には嫌なことが数限りなくある。それにいちいち負けよったら生きていけん。嫌なこと、つらいこと、悲しいこと、苦しいことを胸に取り込んで、やる気に変える。マイナスを一回胸に取り込んでプラスに変える。マイナスが大きいほどプラスも大きくなる。自分はエネルギー転換術と呼びゆうけんど、それをこの大失恋から学んだ。

その後の人生で次から次へと試練はあったけど、このときほどじゃなかった。「神様はまた自分を試しゆんやね。僕はこのくらいのことでは負けんよ」。そう思えたし、そう思いよったら道は開ける。乗り越えられん試練を神様は与えんし、乗り越えたときの至福の喜びを感じられるようにもなった。

灯油を混ぜて走らせた

広島で乗りよった金色のマツダ・ルーチェにはローンが50万円残っちょった。

家族に仕送りをしゆう人間がそんな高級車に乗れた秘密はね、オイルショック。売り先がなくて、社員価格の特別サービス超長期ローンで会社がどっさり提供した。ほんで買えた。ルーチェは好きな車やったけんど、仕送りをせないかん人間にとってはちょっと荷が重かったね。マツダには女子寮もあって、高校を出たばかりの子にルーチェを見せて「えいろう」と自慢したことがある。そしたら「セリカじゃないとダメや」ってぴしゃり。ルーチェは女の子には人気なかったねぇ。燃費？　燃料代はそんなにかからんかった。というのは、ガソリンに灯油を混ぜて使いよったき。当時、灯油の値段はガソリンの3分の1から4分の1。もちろん違法やけど、灯油の混合なんて警察は調べたりせんのよ。灯油を混ぜて走れるのはロータリーエンジンだけやし。軽油は調べるよ。ディーゼル車は重油でも走れるき、ちゃんとした軽油を使いゆうかどうかを警察が調べる。

当時、ロータリーエンジンなら灯油を混ぜても走るゆうのは有名な話やった。

やり方はこう。後部トランクに20リットル入りの灯油タンクを積んで、そこからひいたパイプに電動ポンプをつけ、ガソリンタンクへつなぐ。つまり電動ポンプを動かせば灯油がパイプを流れ、タンクへ入る。ガソリンと混じって混合燃料ができる。電動ポンプのスイッチは運転席の横につけ、走り始めたらスイッチを入れて灯油を混ぜる。

上等に走ったよ。一番ええのは灯油の量を2割くらいまでに抑えたとき。灯油が5割になったらいかん。ノッキングを始める。それから大きな問題が一つあってね、車を停めたあとにスイッチを切り忘れたらタンクに灯油ばかりが運ばれる。こうなるとさすがに走れん。燃料をいったん抜かないかん。

そのルーチェをセキ君に50万円で売って、ローンを完済した。心機一転、人生やり直しのつもりで買うた中古車がホンダの軽トラック。それに乗って広島を去ったのは、1977(昭和52)年の4月7日。行った先はお隣の岡山県やった。

そのころに作った歌がある。

人の世の
掟を知らぬ
鬼なる子

ただ愚かにて
ああ哀れなる

全部、自分のことよねえ。一番苦しいときやった。いま思い出しても涙が出る。詩や歌はねえ、そのときそのときにぼつぼつ作りよった。

岡山駅前にパチンコ屋があって、そこの住み込み店員になった。泊まるところもあるし、食事もついとるし。それはそれでよかったんじゃやけど、立ちっぱなしの足の痛さが大変やった。とにかく足が痛うてねえ。それにもともと腰を据えるつもりはなかったき、1週間で辞めた。

初めてのちり紙交換

１９７７(昭和52)年の４月15日に高知に帰ったけんど、実家に帰れんのよ。気持ちが荒れまくっちょって。ただもう、気持ちが荒れちゅうがやきね。そらそうやろ、死ぬか生きるか、いっそ心中できたらって思うちょったがやき。ノイローゼやからね。

実家に帰れんので、おばあちゃんのところに転がり込んだ。おばあちゃんゆうても血はつながってないけどね。生まれ故郷の土佐山田町東川に住んでいた馬場キヌばあちゃん。実母の喜代の実家近くに住む人やった。喜代は両親を早うに亡くしちょって、キヌさんが親代わりみたいに育ててくれた。

キヌさんは情の厚い人でねえ、いろいろと世話になった。小学校のときは何回も泊まりに行ったきね。弟の誠が大病をしたときには寝ずの看病をしてくれた。徳島の人で、土讃線の工事があったときに東川へ来たみたいやね。キヌさん一人で来たのか、兄弟と一緒だったのか、よう聞いていない。一度九州のほうに行ったと言いよったき、そのとき嫁に行っちょったかもしれんね。

ずっとあとにキヌさんの墓を探し出して墓参りをしたんよ。墓は高知市の塚ノ原にあった。大きい立派な庵治石の石塔に「馬場キヌ」とあってね。墓参りができた日は偶然にもキヌさんの117度目の誕生日やった。しばらく涙が止まらんかった。

話を戻すと、キヌばあちゃんのところに転がり込んでミチオ君を訪ねた。ミチオ君は16歳で行った十和村の現場からの友だちで、土方の親方になっちょった。「ミチオ君、俺、失業して金もない、なんもできんのや」。そう言うと、「なら土方をやれ」と。「早明浦《さめうら》ダムの堰堤の下を改修しとる。それやれ」と言われて、土佐町に行った。

早明浦ダムというのは吉野川本流に造られた四国一の巨大ダムで、雨が降らん香川県に水を行き渡らせるのが建設の大きな目的やった。「四国の水がめ」とか、「四国のいのち」とか言われよった。

2カ月、その早明浦ダム下で働いた。ダム下流の川岸がえぐれとるのよ。前年秋の台風17号でやられたがやないろかねえ。洪水時の計画放流量、毎秒2000立方メートルを大きく上回る毎秒3500立方メートルを放流して下流はおおごとになったらしいき。激流で川岸がえぐれたところに民家があるんよ。その民家をどけて、川を拡幅する工事やった。

ミチオ君の組は下請けやったね。そこで一人夫として働いた。ユンボ(パワーショベル)のオペレーターをやったり、ダンプに乗ったり、セメントを担いだり、がれきを担いだり。人員が少ないからね、何役もこなさないかん。無一文で、体一つで帰ってきたわけやきね、とにかくメシを確保せないかんき。

そこが終わると、次は隣の大川村に行った。工事を丸ごと請けるのは元請けで、下請けや孫請けは区間区間だけをやる。だからどこの仕事も割と早う終わった。

大川村の次は本川村(現いの町)に移った。桑瀬にある一の谷やかた近くの中野川沿いに林道を新設する仕事やった。

ここでね、現場の副監督をしゆう人が急性の病気で苦しみだしたんよ。腹痛で。自分の軽トラックにその人を積んで、高知市の病院まで行った。叔母の家がはりまや町にあってね、自分はそこに一晩泊まったんよ。次の日、届いた高知新聞を見たら、募集欄に「ちり紙交換募集」と書いとる。全く経験のない仕事というのに心が動いたのよ。高松市にある松本光春商店の中の友愛グループという会社やった。

いったん本川村の飯場に戻って、ミチオ君と別れて、四国山脈の峠を越して愛媛県の西条に出た。そこから東へ曲がって、高松に行った。

即採用で寮に入って、そこで生まれて初めてちり紙交換を体験するんよ。友愛グループの名前が入った2トントラックを借りて。

面白かったけど、おもわくお金にならんのよ。テープを流しながら住宅地を行く。でも地理を知らんわね。下手なのよ。古紙がようけ出るところも知らんし。1カ月後にはトップを張るくらい集めたけど、自分が思うたほどお金にはならんかったねえ。２カ月くらいやって辞めた。２カ月やき、わずかな経験やね。

岩に根を張る松に誓う

１９７７（昭和52）年8月31日に高松を離れ、高知に帰った。帰り、琴平に寄ったんよ。金比羅さん。当時、28歳。若かったんで一番下の階段から最上段まで７８５段を走って登ることができた。若かったねえ。

そこでね、願掛けをしたんよ。

「神様、命がけで働くので成功させてください」と。こんなことも頼んだ。「神様、お願いです。僕の一生で２千万円だけもうけさせてください。２千万あったら僕は中古の外車でも買うて遊んで暮らします」。２千万円なんて、とうてい手が届かんお金やと思いよったきね。

琴平を出て、高知県に入った。大豊町の大杉まで来て、道路脇に軽トラを停めてなんとなく吉野川の河原を眺めとった。ふっと目に飛び込んできたのが松なのよ。きれいな松やな、と眺めよって気がついた。その松は岩の上から生えとる。土がないところに生えとるのよ。

全く土がない岩の上に、えもいわれん美しい松が枝を茂らせちゅう。不思議やったなあ。あの松はどこから養分を得とるんやろうと。

しばらく考えて気がついた。

自分はいろんなところを転々とした。トラックに乗ったし、キャバレーのボーイもやったし、造船工もやった。生きていくことには少しの自信はできたけど、何を求めていたかというと日当のえいところ、つまり少しでも肥沃な土地を求めて動きよった。あの松は土のない岩の上で枝を茂らせ、えもいわれん素晴らしい姿をしとる。あれは努力のたまものや。自分はあちこち行ったけど、結局は何も得ることなく無一文に逆戻りや。

そう考え、決意をした。

もう二度と高知を出ないぞ。いつの日か、あの松のように高知に根を張って一つの大木になるぞ、と。種はね、落ちる場所を選べない。落ちたところで根を張るしかない。やせた土地で頑張るのは大変だろう。でも努力には結果がついてくる。高知に根を張る決心をさせてくれた松の木は、残念なことに松食い虫に負けてしもうた。写真は撮ってどっかに置いとるけど。

一文橋で運命の出会い

1977(昭和52)年9月、高知市江陽町に小さなアパートを借りた。少しのお金を貯めとったんで。

6畳に炊事場があるだけのアパート。そこで生活を始めた。自分の軽トラでちり紙交換をして、日銭を稼いで。古紙問屋へ古紙を卸しとったんやけど、当時は古紙がすごく安かったんで大した収入にはならんのよね。

9月14日からは夜、焼き芋を売り始めた。

広島時代、会社の仕事が始まる前に青果市場でアルバイトをしてたことがあるんよ。そこにいつも芋を買いに来る人がいて、「どうするの?」って聞いたら「焼き芋焼いて島根のほうに売りに行っとる」と。釜を見せてもらったら、それがシンプルなんよ。「こんなんで焼けるんですか?」って聞いたら「焼けるよ」と。

それを見とったからね、自分もやってみようと思って。ドラム缶を横に半分に切って、自分で手作りした。道具を鉄工所で借りて。造船所におったから鉄を切ったりつないだりは簡単にできるんよ。

次は釜に砂利を入れないかん。きれいな砂利ってどこにでもあるようでないのよ。高松の友愛グループで知り合った友人のハマダ君と砂利を取りに行った。軽トラに乗って、南国市の前浜へ。荷台に砂利を積んでさあ帰ろうとしたら、軽トラが前に進まん。砂利が重うて、車輪が空転して。

これは困ったと思うたら近くに大きなショベルカーが見えた。当たり前やけど、キーは付いてない。ところが昔の重機ってクギが2本あったらエンジンかかるのよね。お茶の子さいさいでエンジンかけて軽トラを引っ張り上げたんやけど、ハマダ君がびっくりしてねえ。「ちーさな男がおーきな機械に乗った」ゆうて。

取ってきた砂利を釜に入れて、ふたをして、横に開けた穴からオガライト(おがくずを固めた棒状の木質系固形燃料)を入れて。それをリヤカーに乗せて焼き芋を売り歩いた。解体屋さんに行ったらリヤカーはいくらでも捨ててあってね、それを千円で分けてもらって。ペーパーやすりで磨いて、黒く塗って、見てくれをよくして。

江陽町から宝永町のほうへ毎夜毎夜、一文橋を越して売りに行った。一文橋はアーチ型になってるので、リヤカーが重いんよね。そこを越したら、宝永町は人口密集地で焼き芋がよく売れる。

初日の9月14日、運命の出会いがあったんよ。

うんうんと重いリヤカー引いて一文橋を越してたら、突然軽うなった。あれ？と思うて振り返ったら若い女性がリヤカー押してくれゆう。

そのころの自分ゆうたら、髪は長いし、ひげは伸ばしとるし、目はぎらぎらして、秋の夜風にも真冬でも素足にゲタ履いて。もう、野生やきね。服なんて無頓着で。なんせちり紙交換にみんなが捨てる服やから。そんな服の中に高校のジャージがあって、それを切って半ズボンにしてはいちょった。

道行く人が目をそらすような、そんな人間のリヤカーを押してくれる女性がおって。それがいまの家内。三八子《みやこ》。いま思い出しても恥ずかしい日なんよ。ほっかむりしたいくらい。初日に出会うとるんやきねえ。

なんで押してくれたんかなあ、怖くてまだ聞いたことないなー。女房も百姓の出やから田舎の人特有の優しさがあったんやないろかねえ。そのとき、自分の目がバチバチってしたんよ。4月に広島を離れて、いろいろしてきたわけね。その中で優しい言葉とか態度に接したことがなかったんよ。リヤカーを押してもらったとき、初めて人に出会うたような。そんな錯覚。なにせ前から来る人はみんな右に左によけるんやから。ひどい格好をしてるし、目えぎらぎらさせてるし。

あのときの自分はヤケのやんぱち。「いまに見とりんさい」だけやからね。いまに、いまに見ておれとばかり思うて。だから奇特に映るわけよねえ、三八子の行動が。

　自分はそういう親切に飢えとったんやと思う。「芋、持って帰り」ゆうて焼き芋を包んであげて、「どこに住んどるの?」って聞いた。そしたらだいたいの住所を教えてくれてね。そう、家までミョウガを持っていったことがある。馬場キヌばあちゃんのところに行ったらミョウガがいっぱい生えちょって。それを採って、持っていった。ご主人はその年の春に病気で亡くなったということやった。子どもが2人いて、親子で暮らしよった。

じゃあ大前田商店にしてや

焼き芋の話に戻ろうか。一文橋を越えて、毎晩リヤカーで宝永町を売り歩いたんよ。「やーきいもー、いしやきいもーっ」って大声出しながら。すごく恥ずかしかったけど、生きるためなら恥ずかしいなんて言ってられんし。

生きるためとは矛盾するけど、そのころは死ぬことばかり考えていたんよ。広島で負った失恋の痛手が消えてなくて。ノイローゼの状態が続いちょって、とにかく死にたいという感じなんよねえ。うちひしがれて、もう首吊るか、俺の人生も短かったなーと本気で思いよった。すごい状態のときなのよ。

「序」で書いた、老人の神様が出てきて「こら、カオル！」と叱ってくれたのもそのころやった。

悩んだ末に気づいたのは、倒れるまで働いたらどうかということ。どうしようもない気持ちをなんとかする方法はたった一つ、ただひたすら働くことやと。

夜12時すぎまで焼き芋を売って、朝起きたらご飯食べてちり紙交換に出る。働いてたらいろんなことを考えないし。それにね、倒れるまで働いたら何のことはない、死んだように眠る。何も考えれんなった。お金が貯まるわけじゃないけど、生活できるくらいの稼ぎもできる。

助かったのは当時、太平閣という深夜までやりゆう風呂屋が市内にあったことやね。あれは便利やった。湯槽で寝入ってしもうてね、釜の火が消えて水風呂になってから目覚めたなんてしょっちゅうやったなー。

大前田商店という名前を使い始めたのもそのころやった。

古紙問屋に古紙を納めるんやけど、1カ月分まとめてお金をもらうことにした。そのとき、社長に「名前どうする?」と聞かれて。

「前田商店に」と言ったら、「そんなんいっぱいあるぞ」と。「じゃあ大をつけて大前田商店にしてや」。このときから大前田商店がスタートした。

ほんとはね、王前田というのも考えた。王、つまりキング。ビッグなキングになろうと思っていたからね。

大前田商店、いい名前よねえ。いま事務所にはこんな標語を掲げとる。

大きな志を持って一歩
前に歩めば広大無辺世界の
田畑山海が開けており
商人の道は世界の知と富を
店を通して万人に届けることであり、我が社の祈願である

岸に着かん、死ぬ！

大前田の名を使い始めたころ、、１９７７(昭和52)年の9月にまたまた死にかけたことがある。

夜須町(現香南市)の住吉海岸に泳ぎに行った。終戦の翌日に爆発事故で１００人以上が亡くなった震洋隊の碑の前の辺り。台風のあとに泳ぎに行ったんよね。同じアパートで仲良くなった友人のオカザキ君と。

震洋隊というのはベニヤ製の小型ボートに爆薬を乗せた特攻兵器のこと。各地の海岸に配備されたらしいけど、住吉にもその隊があった。悲劇が起きたのは１９４５(昭和20)年8月16日、戦争終結が宣言された翌日の夜やった。戦争は終わったはずやのに、謎の出撃準備命令が出た。軍隊やから命令が出たら従わないかん。２００キロの爆薬を詰めたベニヤ板のボートを海岸に並べゆうとき、爆発が起きた。次々と爆薬に引火して23隻が爆発。１１１人が亡くなった。

その海岸の近くでね、２人で泳いでたの。台風後の大きな波で、浜にたたきつけられる感じが面白うて。

気がつくと、陸からだいぶん離れてた。オカザキ君は自分よりかなり沖にいて、「オーイ、オーイ」と叫んどる。

こりゃいかん、やばいと思って必死に岸に向かって泳いだけど、岸に着かんのよ。引き波が強くて。泳いでも泳いでも岸に着かん。焦った。焦りに焦った。

ふっと左の方向を見ると、砂浜が見えた。砂浜には波がうち返してない。

あそこに行こうと思って、一度横に泳いだ。そのあと、砂浜に向いて必死に縦に泳いだ。体力は尽きてしまって、「もう死ぬ」と思うたとき、足が砂地に着いた。

「ああ、助かった」と力が抜けた。

問題はオカザキ君よ。オカザキ君は沖へ沖へと引っ張られゆう。岸の上のほうではカップルたちが見ゆうけんど、誰も行動に移さん。これはいかんと思って、一所懸命に国道55号に向けて走った。

一軒だけ家があったので、そこへ飛び込んで「すまん、電話貸してや!」と叫んだ。テレビを見よった兄ちゃんが「どうした?」と聞くので、「友だちが波にさらわれて、沖へ沖へと行きゆう!」。

兄ちゃんは「それがいくか!(それはいかん、大変じゃ!)」と言うなり、だっこちゃん(ウェットスーツ)を着て浮輪を持って飛び出した。海へ走って飛び込んで、浮輪を持って沖へ泳いでくれた。沖まで行ってオカザキ君に浮輪を渡し、オカザキ君を浮輪につかまらせた。

その間に兄ちゃんのお母さんが警察に電話をしてくれて、パトカーや救急車、白バイ、消防車が続々と海岸に集まってきた。近くの手結《てい》港からは漁船が出て、その船が浮輪につかまっちゅうオカザキ君を助けてくれた。兄ちゃんのお母さんは堤防の上で両手を合わせて助かるように拝んでくれよってねえ。

兄ちゃんもお母さんもえい人やった。

助けられたけど、助けた

そうやって助かったのはえいけんど、とにかく大きな騒ぎになって。次の日の高知新聞に大きく載った。恥ずかしいよねえ。自分も新聞記者に名前を何度も聞かれたけんど、恥ずかしいき答えんかった。

若いきね、無謀なんよ。引き波のことも分からんかったし。岸へ戻れんなったとき、左を見て砂浜を見つけんかったら死んじゅう。

あの恐怖はいまだに忘れん。目の前に岸が見えゆうのにたどり着けん。百パーセント死んじゅう。すーっと沖に戻される。引き波が強うて、絶対に手が崖に届かんのよ、戻れんのよ。そのうちに体力がなくなる。絶体絶命のさなか、ふっと左を見たら砂浜があった。それで横に泳いで、そのあと縦に泳いだら波がすーっと砂浜に消えた。

あのとき横に泳いでなかったら間違いなく死んじゅう。ホントに九死に一生。あれほど死んでしまうか首でも吊るかと思いよったくせに、事故で死にかけたとたん生に執着する。おかしいよねえ。

その後、一度も海へは入ってない。

現場の海岸にね、8年後に子どもたちと行ったことがあるんよ。

溺れかけたときと同じように波の強い日やった。岸にできたちっちゃい水たまりで子どもを遊ばせてね。

ワイヤーとかロープを扱うとる会社の7~8人が来ちょって、そのうち年配の一人が沖へ泳いでいった。その人が戻れんなったので、若いのが何人か、「連れ戻す」ゆうて沖へ泳いだ。自分は「あれ、戻れんぞ」と三八子に言うたがよ。その通り、全員が沖で「助けてくれー、助けてくれー」と叫びだした。

そのころ自分は浮輪を絶対に身の回りから離さんようにしちょった。そのときも車に積んじょったがよ。ロープを売る会社やき、その人らの車には長いロープがあった。浮輪にロープをくくりつけて、岸に残っちょった若い一人に「ロープの端を持っちょくき、沖へ泳いでいけ」と。浮輪を沖に運ばせ、その浮輪とロープにみんなをつかまらせて、岸にいるみんなで引っ張って助けた。よかったよかった。自分たちは助けてもろうたこともあるけど、助けもしちゅうんよ。

駆け足で上がってきた若者が深々と頭を下げてね。「おかげ様で助かりました。私は島根県から来ていますが、土佐の海がこんなにも荒いものとは知りませんでした」としっかりと礼を述べてくれた。自分は恥ずかしゅうてね。助けてもろうたとき、あのお兄ちゃんにお礼が言えてないのよ。ばたばたして。

それから間もなく、助けてくれたお母さんが事故に遭ってね。安芸市のお寺から帰る途中、県交通のバスに乗っちょって、バスが事故をして片足を切断したと聞いたのよ。オカザキ君と一緒に病院へ見舞いに行ってね。助けてもろうてから日をそんなに置いてない時期やったと思う。

ホントあのお兄ちゃんとお母さんには世話になったというレベルの話じゃないよねえ。荒れる海へ飛び込んで助けてくれたきねえ。人命救助で表彰してもらわないかんけんど、してもらってないかもしれん。でもオカザキ君と自分は死ぬまで忘れることはない。まっことありがとう。

棺桶ベッドという大発明

焼き芋に話を戻すと、いよいよおカネがないというときは60円しかなかったねえ。あんパン一個も買えん。焼き芋用の芋の仕入れができんときもあったのよ。そんなときには弟に芋を出してもろうて、それで焼き芋を作って売った。

自分らのほうでは「芋つぼ」ゆうんやけど、冬場、寒さで傷まないように囲うてる自家消費の芋があるんよ。穴を掘って、すりぬかを敷いて、そこに芋を入れて、上にすりぬかをかける。すりぬかとはね、もみ殻のこと。芋は寒さに弱いけんど、保存したら春までもつ。そうやって保存しちゅう芋をこっそり弟にもらってきて焼き芋にして売って。そういうこともせざるをえんかったのよ。

古紙の回収はいろんなところへ行った。そのときは古紙が安くて、ちり紙交換は誰もやってなかった。ちり紙交換を生業にしようという人は誰もいなかったと思う。集めようと思うたら古紙がすごく集まった時代やった。ありがたいことに、そのころおなかがいっぱいになるおいしいものを見つけたのよ。小僧寿しチェーンのばってら。1本130円。よう食べたねえ。3食食べても390円。

焼き芋売りはねえ、すごく面白かった。体さえ健康であれば一生食うに困らん仕事やと思うたねえ。市場で芋買って、焼いて。

焼き具合とか、工夫したよ。試食して。最初のころは焼けとるのか焼けてないのかも分からんし。山で作った芋と浜で作った芋が全然違うのも分かった。

山の芋は形が少しでこぼこになる。土に小石が混じるせいやね。浜は砂地やから芋がでこぼこにならん。味もおいしい。芋は試食で嫌なくらい食べるから、小僧寿しのばってらにはすごく助けられた。

リヤカーで始めて、ちょっとお金が貯まったらね、高知市大津の解体屋さんに行って、ダイハツの箱バンを6万円で売ってもろうた。

鉄工所へ行って「ドラム缶半分に切らしてや」って言ってガスバーナーで焼き切って。ふたつけて、煙突つけて。作れって言われたらいまでも1時間あれば作れるんやないかな。車を改造したりできるのは甲藤農機で働いたことも生きとると思う。

作った釜を箱バンに乗せて。バッテリーの電源で「ピーッ」という笛のテープを流してね。

時々、自分で口上もやったよ。マイクで。どんな口上かって？

「やーきーもー、いーしやーきいもー、あまくておいしいやきーもー、いしやきいもはいかーがすかー」

広島で勉強した詩吟、水真流がここで生きるわけね。

車になってから行動範囲がぐっと広がった。

そうなると、もっと遠くにも売りに行ってみとうなる。で、四国の他県に行ってみた。高知から松山に行って、高松に回って。このとき大変なことに気づいたのよ。これはいかん、車の中で眠れんぞと。横になれんのよ。車の後ろにも助手席にもいろいろと商売道具を積んじゅうので、シートは倒せんし、足も伸ばせんし、助手席に倒れ込むこともできん。これには異様に困った。

　ところがね、自分は発明家やなあと思うんやけど、解決したのよ。どうしたと思う？　箱バンの上に棺桶を乗せた。

　ヒントは西部劇。テレビかなんかでガンマンが棺桶を引っ張っていくシーンがあったのを思い出したんよ。あの中で寝たら眠れるな、と。

で、箱バンの上に棺桶を乗せることにした。棺桶の材料は工事の型枠に使うコンパネ（ラワン材の合板）。90センチ×１８０センチのを上下に使って、それを縦に切ったのを横に使って、長さ１８０センチ、幅90センチ、高さ45センチの棺桶を作った。横は蝶番《ちょうつがい》で扉状に開くようにして。

　それを箱バンの上に取り付けた。深夜になると広場に車を停め、横から棺桶に潜り込んで寝るのよ。倒れるまで働いて、そこに上がって寝る。眠れたよ。車の中で足を縮めて寝るよりはずっといい。これはよかったねえ。自分としては画期的発明やった。

寒いときはね、カイロで暖まるの。いまみたいにホッカイロはなくて、ベンジンを入れて熱を発生させるやつ。暖かかったよ。

経験から言うと、棺桶はよく眠れる。絶対に間違いない。

「おまえは偉いのう、持っていけ」

眠りの解決ができたので、四国を出て神戸に船で渡った。神戸から奈良、京都、大阪と放浪しながら焼き芋を売ってきた。よう忘れんのが兵庫県の明石やねえ。一番売れた。当時、海岸沿いにノリの佃煮工場が並んどったのよ。そこで売れた。恐ろしいほど売れた。焼き芋を焼くのが間に合わんくらい。

奈良公園も印象に残っちゅう。

公園に入って焼き芋売り始めたのよ。芋焼いて、提灯ぶら下げて。そうしたら、いつの間にかリヤカーで焼き芋売ってる連中が自分を取り囲んでるの。ものは言わんけど、すごい迫力なの。「これはまた失礼しました」ゆうてすっ飛んで逃げた。ずらりと取り囲まれて、7〜8人はおったと思うけんど、とにかくびっくりした。知らずに縄張りに入っとったんやねー。こっちは別の場所に行けばいいしね。天下無敵というか、失うものは何もないし。死んでも泣いてくれる人は誰もおらんと思うちゅうし。

最高やったのは兵庫県の姫路で入ったお寿司屋さんやったねえ。食事をしながら自分は将来の夢を語ったのよ。働きに働いて成功するんや、金持ちになるんや、いまは焼き芋を売りながら商売の基本の勉強しとるんやと。そこの主人がそれをすごく喜んでくれてね。「おまえは偉いのう、これ持っていけ」ゆうて、大きなのり巻きをポンポンと2つ作ってくれたんよ。気っぷよく。うれしかったねえ。

高松でも同じ夢を語ったことがあるんよ。レストランのマスターに。夢を語ったあと、「いまはどんな仕事を?」と聞かれたので「ちり紙交換をしている」。そしたらマスターが「無理無理、絶対無理」って。笑いながら手を横に振って。そのこともよう忘れん。

同じ夢を語って、姫路では「おまえ偉いのう」と喜ばれて寿司2本持たせてくれて、高松では「絶対無理」って決めつけられて。人の受け取り方って全く違うよねえ。悲しいのは「絶対無理」って言われても否定できんところよねえ。なにせ無一文やから。姫路の寿司屋さんには手を合わせたいくらいの感謝や。誰も自分を認めてくれんときやからねえ。根無し草でふらふらしてるときに。

高松は悪い思い出だけやなくて、えい思い出もあるよ。めちゃめちゃ売れる場所を見つけたの。踏切があってね、そこで車が一時停止する。その先の広場で焼き芋を売ったら、車が次々と停まってくれるの。車がスピードを落としちゅうから入りやすいんやね。とにかく客がいっぱい来てくれて、焼き芋が全部売れてしもうた。そのあと買いに来た奥さんに生の芋を差し出してね、「あんたねえ、もうこれ買うて家で焼いて」って。そしたら奥さん、笑いながら生の芋を買うていってくれた。

姫路から淡路島経由で徳島に入ったとき、鳴門金時ゆう芋に出合うんよ。世の中にこんなうまい芋があるんかとびっくりした。焼き芋にしたとき、全然味が違う。最初は知らずに仕入れたけんど、高知に帰ってからも徳島へ通って鳴門金時を仕入れた。やっぱりおいしいものを売りたいわねえ。

芋は全部同じもんやと思うたけんど、違う。えい勉強になった。地元ではね、質の悪いもんを売ったらいかん。継続的に仕事をするから、ええもんを売らんといかん。県内でやることは全部自分に戻ってくる。

同じ売るんならうどんも売ってやろうと、ずん胴を置いてうどんも売り始めた。プラスチックのどんぶりで。大売れはせんけど、それもぼつぼつは売れた。でも、にわかうどん屋なんて大金が稼げるもんではないのよね。

その次にはおでんをやった。出汁は自分で工夫して。おでんを売るのは秋から冬。面白かったねえ。当時、おでんが1個40円くらいじゃなかったかな。一時は焼き芋とうどんとおでんの3セットをそろえて売った。

焼き芋の釜も効率のえいのに替えた。本職の作ったやつに。高知市神田《こうだ》にいとこがいて、その家の斜め前に焼き芋の釜が野ざらしで置いてあったのよ。それを譲ってもろうたら格段に早く多く焼けた。同じオガライトで倍も多く焼けた。

芋をおいしく焼く秘訣は水蒸気を捨てないことなんよ。高温で焼き、水蒸気を芋に戻す。分かりやすい例で言うと、アルミ箔で包むのも水分を逃がさないためなんよ。

それからもう一つ、干した芋を使うのも大事。畑で取ったばかりの芋は皮に水分がありすぎてぺろりと皮がはげる。そうなると商品価値はない。試行錯誤の連続やね。最初は失敗もしたし。手探りやったき大変やった。

買うてくれるお客さんはありがたかったねえ。お客さんにはよう聞いたよ、感想を。「あんまりおいしくなかった」とか「すごくおいしい」とか言ってくれて。まあ、よう聞いたもんよねえ。

こんなこともあった。高知市の萩町でよく焼き芋を売ったんやけど、干物屋さんの前にホンダの軽トラが置いてあったの。ナンバープレートを外した状態で。干物屋さんに入って「これくれんかよ」って言うたら、主人が「持っていけや」と。

車検を取ってその軽トラも使うた。広島で買うた軽トラがだめになって替えたのか、軽トラを2台に増やしたのか、覚えてない。干物屋さんにはお礼に酒を2本持っていったよ。あっけらかんとした主人やったねえ。駐車場? 江陽町のアパートの前にいまはなきゲルマン商工の土地があってね、そこを借りちょった。

「スーツでも買うちゃろか?」

実はね、店を出したことがあるんよ。昼は古紙、夜は焼き芋をやりながら。1977(昭和52)年の冬、おむすび屋を高知市の一宮《いっく》で開いた。売るのはおむすびと牛丼弁当。店を出すとなると、売り子が要るわけよ。

最初に訪ねていったのが、リヤカーを押してくれた縁で知り合った三八子。頼んだら、「だめです」と簡単に断られて。仕方ないので一宮のヤマモトさんという人に頼んでやってもろうたけんど、半年でつぶれた。

問題は味の研究やったね。お米の研究、味の研究ができてなかった。店の名前？「○○子の牛丼、おむすび」。○○子というのは広島で別れた子の名前そのまんま。失恋の痛手を引きずってるどころやないよねえ。

広島の彼女のことを忘れたことは一日もあるわけない。まあでも、仕事に没頭しとったら考える間がないわけね。ぼーっとしとったら彼女のことが浮かんでくるから、ぶっ倒れるまで働くしかないわねえ。

広島の彼女のことは忘れられんのやけど、三八子とはちょくちょく会いよった。というか、付き合いだした。いつごろから付き合いだしたかは覚えてないんやけど。デートなんて気の利いたもんじゃやない。一緒に軽トラに乗って古紙を集めたりね。なんせ古紙の回収をせんとその日一日の生活費がないがやき。

母性本能か憐れみなんやろうねえ、あるとき「カオルさんねえ、あたしアルバイトの給料が出た。スーツでも買うちゃやろか」と言われて。「アホゆうな。子どもにケーキでも買うちゃれ。要らん」と答えて。金は誰にも借らん、自分の力だけで生きんと「いまに見とりんさい」に傷がつくんじゃやって一途に思いよった。

焼き芋は2年やったねえ。昼間はちり紙交換して、夏場は焼き芋休んでちり紙交換一本で。夏は昼間が長いので、ちり紙交換が長い時間できるしね。ちり紙交換では行かんところがないくらい県下をくまなく回ったよ。自分で作った歌を歌いながら。歌？　こんな感じ。「夢は夜ひらく」の節で、「人里離れた山奥を、馬鹿か阿呆かきょうも行く。人はうわさに言うけれど、ちり交の勝手でしょ」とか、いっぱい積んできたらうれしいでしょ、「ちり交は夜笑う」。とか。ちょっと歌ってみようか。6番まであるよ。

人里　離れた　山奥を　馬鹿か　阿呆か　きょうも行く
人は　うわさに　言うけれど　ちり交の　勝手でしょ
夢の　かけらが　ぱらぱらと　マイク　通して　流れます
きょうは　駄目でも　明日がある　ちり交は　夢を見る
きょうは　須崎か　明日室戸　俺の　行く先　風任せ
流れ　流れの　人生を　　ちり交は　耐えている

春の　桜が　咲きました　夏の　蝉も　鳴いてます
夢を　誓った　青春に　ちり交は　生きている
きょうの　稼ぎは　多かった　びっくり　するほど　多かった
でかい　稼ぎと　出会うとき　ちり交は　夜笑う
命　賭けてた　恋もある　全て　ささげた　愛もある
燃えた　心の　傷痕に　ちり交の　花は咲く

田舎はね、不思議と古紙が集まるのよ。家に新聞、雑誌を貯めるスペースがあるから、一回当たるとすごい。でも外れたら集まらん。集まらんときはがっくりしてねえ。

中村(現四万十市)ではこんなことがあったよ。その家は使うてないトイレを封鎖して古紙を積んじょった。1トンまではいかんけど、いつもたくさん貯めてくれちょって、それを時々回収に行きよった。まあ、お得意さんや。

ところがそのときは夫婦げんかの直後やった。古紙の横にやかんやら茶碗やらが転がっとるのよ。2階から放り投げて。割れたりして通路をふさいで。そんなものをどけながら回収したんやけど、そんなことをしたのはそこだけやった。

ちり紙交換をしていると、相手の人間性がよく分かるのよ。低い姿勢になって古紙をくくるわね。低い姿勢でいると、お客さんの態度から人間性が見える。それまで自分は習慣として人に頭を下げることがなかったから、そんなことは分からんかった。すごい勉強になった。

浅野の社長が認めてくれた

いまの取引先は大小取り混ぜて何百社もあるけど、この当時はゼロ。1978(昭和53)年やったか、その翌年やったか、最初の取引先ができた。

それが土佐山田町の浅野義澄商店(現あさの)。

浅野の社長に認めてもろうたのよ。夜、焼き芋を売りながら土佐山田町内を走りよったとき、浅野義澄商店の浅野一郎社長が家の前に立っちょった。

浅野義澄商店というのは当時もいまも日本一のショウガ問屋。浅野一郎社長はショウガ一筋に生きた、創業者に近い人やったと思う。

実はこの日の昼か、その前日に浅野社長に会うたばかりやった。ショウガを出荷するとき、段ボールの箱に新聞を敷く。たくさん新聞を使うの。特に冬場、東北にショウガを出荷するときにはショウガを傷めないために厚く敷く。じゃから、新聞販売店から収集した新聞残紙を浅野義澄商店で買うてもらおうと思うて。

その浅野社長がいたので、声をかけた。

「社長、焼き芋食べるやったら食べてくれんかね」と。少し前に会ったことに浅野社長が気づいてくれて、「おまえは新聞を売りに来ちょった男か」。

「そうです」と答えると、「夜も昼も働きゆうんか」と聞く。「そうです」と元気よく答えると気に入ってくれてねえ。取引ができた。

その後、雑用を頼まれたり、飲みに連れていってもろうたり。創業30周年のときには色紙をくれた。廃プラ施設の落成式にも来てくれた。高知新聞に自分の記事が大きゅう載ったときには「よかった、よかった、よかったのう」と喜んでくれて。

ええ社長やった。自分がお付き合いした中では一番好きな人やったね。

創業30周年のときに「おめでとう」とお祝いを言うてくれたのは浅野社長だけやった。30周年のこと、人に言いよったわけやないきね。

亡くなるちょっと前にも浅野社長はうちの事務所に寄ってくれちょった。社長の運転手から聞いたのは「社長がいますごく昔の人に会いたがってる」ということ。いま思えばほんとかわいがってもろうて、世話になっとるねえ。

浅野一郎社長の度量の大きさにには歯が立たんよね。自分は一切エリートの道は歩いてないじゃない。家柄も、学歴も、資本も。そういう泥臭い人間でも励まし助けてくれる。人の苦労が分かるというか。でっかい心で物事を見る、とにかく素晴らしい社長やった。大好きやった。

似たようなウマが合う人はね、高知県ではもう一人。エースワンの中山土志延会長。経営者って格好つけるところがあるやろ。それがぜんぜんない。庶民。高知警察署の前にエースワン高知駅前店ができゆうとき、夜中に当時社長やった中山会長から電話がかかってきたのよ。「大前田、来てくれ、ごみがいっぱい出ちゅう。地下足袋履いてやりゆうところじゃ」と。夜中やき、誰も来てくれんわね。

行ったらほんとに地下足袋履いて作業しよった。必死で、陣頭指揮でやりゆうがやろうね。自分と一緒。気持ちはよう分かる。

中山会長と最初にどこで会うたかは忘れたけど、前は飲みにもよう行ったよ。「ちょっと行こか」と声かけられて、「行こ」ゆう感じで。バイタリティーの固まりやね。エネルギッシュゆうか。

ありがたいことにいまも長いお付き合いをさせてもらいゆう。

もう、狂うちゅうがやき

昼はちり紙交換、夜は焼き芋をやりながら1979(昭和54)年の秋が来た。古紙が暴騰したのよ。原因は第2次オイルショック。発端はイラン革命やった。米政権寄りのイラン国王がイスラム教シーア派の国民に倒されたので、イスラム革命とも呼ばれる。この革命でイランの原油生産が急減し、石油価格が急騰した。狂乱物価と呼ばれたくらい、いろんなもんが値上がりした。

なんで古紙まで暴騰するのか、その理由はよう分からん。近い将来の値上がりを見越して古紙問屋が製紙会社に売り惜しみすることが原因やとも言われるけどね。とにかく石油価格と古紙価格は不思議と連動しとるのよねえ。第1次オイルショックのときの暴騰はすごかったみたい。古新聞が1キロ50円とか。信じられんくらい暴騰した。

第2次は第1次ほどやなかったらしいけど、やっぱり古紙が暴騰した。集めた古紙を問屋に持っていったら、古紙価格が上がっとる。少ししたらまた上がっとる。それまで1日に3千円しか稼げんかったのが、3万円入ってくるようになった。もうびっくり。慌てて焼き芋をストップしてちり紙交換専業になって。

1人でやっても知れとる。誰か人を雇ってやらしたらえいと思って、「おまんやってみんか」「やろうか」という感じで2人来たんよ。仲間が。その2人がまた3万円ずつ稼ぐ。一番えいときには月に300万円稼いだ。

2人に古紙を回収させるにはトラックが要る。無一文の男がどうやってトラックを買うたかというと、クレジットなんよ。当時、クレジット会社が花盛りでね。たくさんあった。クレジット会社に審査を申し込んだら通ったんよ。質屋以外で金を借りたことがないのでブラックリストに載ってない。これが一番助かった。

さしあたり中古のトラックを2台買って、2人に「回収してみいや」と。腕の立つ人たちで、自分以上に稼ぐんよ。月一度、自分が問屋に集金に行くやろ。そしたら300万円くれるわけ。経費は4割で利益が6割。うれしかったねえ。

もうけて何をしたかというと、家を持った。土佐山田町平山の実家の横に小さな平屋のスズキハウスを建てて。簡単な建物やから1週間くらいで建つの。値段は300万くらいじゃなかったかなあ。

6畳が2つ、8畳が2つあった。スズキハウスの欠点は収納がないことでね、押し入れとかがないの。居住部分に収納スペースを作らないかんから、住むところは狭い。でも自分の家があるのはいいよね。うれしかった。

お金はどんどん入ってきた。うれしくてうれしくて、あるときはね、自宅の畳に一万円札を300枚余りもばらまいて、その上でのたうち回って喜んだ。完全にアタマ切れとるよね。成金。成金のミニ。プチ成金。

成金の心理って分かるのよ。このカネを早く使わんとなくなるって思うの。買うたねえ。テレビの大きいのを買ったり、無駄の極致。12万のぼろぼろのトラック乗っとった男が200万で新車のボンゴのトラックをキャッシュで買って。

手当たり次第に買うた。単車、ホンダCB250も新車で買って。アホよねえ。

成金やき、カネがないと思われるのが嫌ながよ。20万の家具を買うのに100万の現金を持っていくがやき。もう、アタマの中がお花畑やきねえ。ひとりでにカネが湧きゆう感覚よねえ。もう、狂うちゅうがやき。

よし、古紙問屋になろう！

そのころ、土佐山田の東本町に古本屋を開いた。店番を三八子に頼んで。なんで古本屋かって？ ちり紙交換していたら古本はいくらでも手に入るんよ。資本金が要らない仕事、景気に関係ない仕事。そう考えて古本をと。でも、もうけも知れとるのよね。結果としては失敗。まあ損はしてないんじゃけど。古物商の免許も取ったけど。長続きはせんかった。まあ、勉強にはなった。人が捨てる本にえい本はない、やっぱり仕入れをせんといかんということも分かった。表面だけ見ても商売にはならんのよ。

泡のように消えるバブルとはつゆ知らず、きょうお金が入ったから明日も入ると信じちょった。馬鹿よねえ。狂乱の古紙バブルが消えたのは半年後、1980(昭和55)年の春やった。稼いだ金は全部使うてるから、また無一文。元の木阿弥。雇っていた2人は辞めて逃げた。お花畑から泥沼へ真っ逆さま。

このときはものすごくしんどかった。1日3千円の売り上げの暮らしを続けとったらよかったんやけど、一度おいしい味を覚えたじゃない。一度おいしい味覚えたら1日3千円に戻るのはなかなかしんどい。

古紙問屋になろうと思うたのはそのころやった。自分の将来を見据えて。

きっかけはね、古紙問屋で言われたひとこと。経営者の弟に「この古紙、どこで集めた?」と聞かれて「ちり紙交換です」と答えたんよ。そしたらこう言ったの。「ああ、ちり公か」って。

すごくカチンときたのね。世間の目っていうのはそういうものかと。「ちり交」と言うたのかもしれんけど、自分には「ちり公」と聞こえた。そこでクソっという気が芽生えたのよね。とにかく末端で回収してたんではたかが知れとる、と。

古紙問屋になろうと思っても、そのときはお金を全部使うてしもうてまた無一文。ボンゴの新車があってもなんの役にも立たん。ものすごい反省してねえ。余裕のあるときに貯めましょう。ないときには辛抱しましょうと考えるようになった。それが座右の銘になった。「有るときの蓄え、ないときの辛抱」と。

深ーく反省し、１９８０(昭和55)年の秋からは毎月少しでも貯金をするようにしてる。乗用車も①税金で困らん②車検代で困らん③保険代で困らん④ガソリン代で困らん――をクリアせん限りは持たんと決めた。とにかくりぐるな(エエカッコするな)、トラックがあれば上等と。体裁を整えようとするときりがない。質実剛健が一番。

だって怖いじゃない。ある日突然無一文になるんぜ。真っ逆さまに。

そのことが２００８(平成20)年秋のリーマンショックで生きた。

リーマンショックのことはあとで詳しく話すけど、年の前半にすごい利益が出たんよ。でも、「これはおかしい、自分の力でもうけてない」と思って。もうけたカネを他に回したら大変なことになるぞ、と。

そしたら10月から古紙価格が下がり始めた。もう、暴落につぐ暴落で目も当てれんばあ下がった。誰も言わんけど、第3次オイルショックがはじけたと思うとる。このときも石油価格がすごく上がっちょったきね。

分別回収で行政が集めた古紙は入札で金額が決まっとるのよ。行政から2万円で仕入れた古紙が、6千円とか5千円でしか売れん。逆ざやも逆ざや、大赤字。それでも信念で買い取り価格を守って頑張った。その年の決算で赤字が出なかったのは奇跡なの。もうけたカネをほかに使うた会社は大変やったと思う。

会社をやっていける自信がついたのはリーマンショックを乗り切ってからやねえ。

そろそろ会社を作る話に入ろうか。

「製紙業界は生死業界です」

狂乱の古紙バブルがはじけたのが1980(昭和55)年の5月。その月末から自宅のある土佐山田町平山に古紙ヤード開設の準備を始めた。

問屋をやろうとすると古紙ヤードが欠かせんのよ。

集めた古紙を保管し、そこで選別するの。たとえば雑誌と上質の紙を分ける。当時、プリンターが打ち出す連続帳票とかは高く売れたんよ。独立系の製紙会社もまだたくさんあってね。トイレットペーパー製造用に上質の紙をすごくいい値で買ってくれていて。売り上げを上げるために選別は不可欠やった。

ヤードを造った場所は実母の土地。投資が怖かったんよね。金もないし商売も知らんから、家賃のいらんところじゃないと怖かったんで。園芸ハウスを作りゆう

図書目録

毒がなければ詰まらない
蜜がなければ愉しめない
骨がなくては意味がない

●新型コロナウイルスＮＥＷＳウォッチ

ココロ日記

ヒグマルコ 著

短い期間で全世界へと広がった新型コロナウイルス。情報も渦巻いた。ニュースウォッチャーの著者が中国での肺炎発生から約３ヶ月間の国内外ニュースや話題を時系列・マンガ入りで日記風に紹介。情報と現実に向き合うための一冊。

四六判並製 定価１４００円＋税

●こんな明るい闘病記、あっていいのだろうか？

THE 30才男白血病！

今象久傘 著

30才の著者が、ある日、「急性骨髄性白血病」になった。医師・看護師、肉親や友人の反応から、検査や治療法、大笑いのツボまで、体験者にしか書けないリアルが満載。この本に、あなたは、泣きますか？ 笑いますか？

四六判並製 定価１４００円＋税

●北海道の警察官は、ひき逃げしてもクビにならない

見えない不祥事

小笠原淳 著

北海道警察に公文書の開示請求を行い、『北方ジャーナル』で発表してきた骨太の著者が、警察組織に全面戦争を仕掛ける話題書。「こんな記者がいたのか」とジャーナリストらを唸らせる、徹底した調査報道ノンフィクション。

四六判並製 定価１５００円＋税

●報道とは何か。何を伝えるのか。

報道記者の原点

朝日新聞社　前記者教育担当部長　岡田力 著

報道とは何か。何を見つめ、どう取材し、いかに伝えるべきなのか。朝日新聞社の前記者教育担当部長・岡田力氏がプロフェッショナルとしての思考から技術までを解説する。体験を軸にした展開が説得力を持つ「記者入門ガイド」。

四六判並製　定価１４００円＋税

●記者入門書の決定版

報道記者のための取材基礎ハンドブック

朝日新聞社　西村隆次 著

有望な新人の新聞記者に「記者の勘所」を伝えられないかと、著者が書き溜めてきたノウハウを公開。街ダネの見つけ方に始まり、読者と記者の「思考の逆構造」、連想の進め方、発想や着眼、記事の書き方など、記者活動の基本を解説。

四六判並製　定価１３００円＋税

●薬づけからの脱却

治す！うつ病、最新治療

リーダーズノート編集部 編

悪循環に陥ったうつ病治療は、「薬づけ」から「減薬」の時代を迎えようとしている。磁気で脳を刺激するTMS治療。誤診を見抜く光トポグラフィー検査。思考と習慣をコントロールする認知行動療法など。うつ病治療の最前線に迫る。

四六判並製　定価１４００円＋税

◉科学と人間シリーズ2
シビアアクシデントの脅威
—科学的脱原発のすすめ
舘野 淳著／日本原子力研究所研究員を経て、中央大学商学部教授。核・エネルギー問題情報センター事務局長
A5判 定価2200円＋税

科学と人間シリーズ3
放射能拡散予測システムSPEEDI
—なぜ活かされなかったか
佐藤康雄 著／東京大学大学院理学系研究科気象学専攻博士課程修了。気象庁気象研究所環境・応用気象研究部部長
A5判 定価2200円＋税

◉科学と人間シリーズ5
活断層上の欠陥原子炉 志賀原発
—はたして福島の事故は特別か
児玉一八著／医学博士。核・エネルギー問題情報センター理事、原発問題住民運動全国連絡センター代表委員
A5判 定価2200円＋税

◉科学と人間シリーズ6 長井寿・守谷英明共著
アジアから鉄を変える
—新しい鉄の基礎理論
長井寿／東京大学工学部卒。ナノ材料科学環境拠点マネージャー。守谷英明／千葉工大大学院修士課程修了。
A5判 定価2500円＋税

◉科学と人間シリーズ7
地震列島日本の原発
—柏崎刈羽と福島事故の教訓
立石雅昭著／京都大学大学院修了。新潟大学理学部で教育研究に携わる。専攻分野は地質学、地層の形成過程。
A5判 定価2200円＋税

◉科学と人間シリーズ8
ありがとう、微生物たち
—生命を育み水を浄化する
金川貴博著／東京工業大学大学院教授、産業技術総合研究所グループ長を経て、京都学園大学バイオ環境学部教授。
A5判 定価2200円＋税

会社から注文がキャンセルされた骨材を安く譲ってもろうて、倉庫を2棟建てた。古紙を雨ざらしにしたらいかんからね。屋根がある倉庫も必要なのよ。屋根があると古紙の選別もできる。年がら年中仕事ができるのよね。

広さは30坪くらいかな。倉庫は建てたけど、事務所はなし。電話もなし。トイレもなし。そんな状態で、古紙問屋への準備を進めた。社員はいなくて、古紙の回収人が3～4人。三八子の力を借りて細々と始めた。

といっても本当の古紙問屋にはなれんのよ。製紙会社に直接売るのを「直納」と呼んで、これをするのが本当の古紙問屋やけど、それはすぐにはできん。その代わり「代納」という制度があって、直納の権利を持った問屋の代わりに古紙を納める。製紙会社で計量伝票をもらい、それを直納問屋に持っていったら現金をくれる。その現金を持って帰り、回収人から古紙を仕入れる資金にする。仕入れは全部現金日払いやから、直納問屋からもらう現金が命綱。誰が見ても完全な自転車操業や。これはこれできつかったねえ。

古紙を選別するには人が要るので、従業員を一人雇った。広島の寮で同じ部屋にいたコヤマ君。山口県の人で、彼はマツダを辞めて奥さんと暮らしよった。広島市内のアパートにいるのを探し出して、「来てくれんかよ」と。彼が平山に来たとき、倉庫を見て「これはなんや」と驚いたのを覚えちゅう。「俺が建てたがよ」と胸を張ったもんやった。コヤマ君はええ男でね、頑張ってようやってくれた。彼のおかげですごく助かったねえ。有限会社にしたあとは専務までやってくれた。

記念すべき初出荷日はその年、1980(昭和55)年の10月12日やった。うれしかったねえ、直接製紙会社に納められるんやから。代納とはいえ問屋は問屋やしね。

この感動を忘れんために、と初出荷を32歳の誕生日に合わせた。三八子も32歳、長女の里香8歳、長男純司7歳。事務所もトイレも電話もない日本一貧乏な問屋として大海原に乗り出した。

古紙を納めた先は愛媛県川之江市(現四国中央市)の丸住製紙。直納権を持つ愛媛県伊予三島市(同)の森実音之助商店(現モリオト)の代納やった。森実はええ会社で、めちゃくちゃ世話になった。そこでこんなことを学んだよ。おいあくま。

おこるな
いばるな
あせるな
くさるな
まけるな
森実の事務所にそれが貼ってあったんよ。
森実の会長にね、「前田君、あんたは紙の業界で生きていきんなさるのかえ?」と聞かれたことがあってね。「はい」と答えると、こう言ってくれた。
「ひとつ教えとく。製紙業界とは生き死にと書いて生死業界といいます。それくらい厳しいところへあなたは入ったんです。気をつけてください」
森実の専務からはこんなことも習った。「朝は朝星夜は夜星」までは知っちゅうけんど、あとに続くのは「昼に梅干し頂いてああーしょっぱいが成功の元」。続けると、「朝は朝星夜は夜星昼に梅干し頂いてああーしょっぱいが成功の元」となる。
「朝は朝星夜は夜星」って意味、分かるかな。朝はまだ星が出ているうちから作業に精を出し、昼は質素にご飯と梅干しだけ。そして夜は星が見えるほど暗くなるまで仕事をするということ。

いまどきの働き方改革とは真逆の世界やね。日本経済を発展させた先人たちの思いに感謝の気持ちを馳せるのも大切なことやと思う。

代納から直納になったのはいつやったかな。何年もあとやった。最初に丸住製紙の直納になり、だいぶあとに同じ愛媛の大王製紙の直納になることができた。

殴り倒して民間逮捕

森実の会長の言う通り、経営は厳しかった。

なにせ全くの素人やきねえ。商売のイロハが分かってない。そもそもお金もらうのが恥ずかしゅうて集金にも行けん。人との折衝も百パーセント自分がやらないかんきねえ。車の購入も、ガソリンの交渉も。当時はガソリンをツケで入れることもできんかった。会社にもなってないし、信用がまるっきりないきねえ。

募集をかけたら回収人は集まるんよ。自分自身もちり紙交換をして、じきにトラックは7～8台に増えた。いろんな従業員がいてね、たとえば「社長、きょうは暑いきちょっと水浴びてくらあ」と言うのがいる。横の川原で水浴びしてるのを見ると、体中が刺青だらけ。聞けばヤクザの組を解散したばかりの組長やったとか。

車を乗り逃げした回収人もおった。姿が見えんので、ほかの回収人に「どうした?」と聞くと、「来てません。車ありませんよ」。しばらくして滋賀県米原市の警察から電話があって、「お宅の車が放置されています。中に盗まれた貯金通帳がありました」と。どこで取ったのか分からんけど、通帳を盗んどったんやね。コヤマ君と2人で米原まで車を引き取りに行った。

いろんな人がおる世界やったねえ。覚醒剤中毒が紛れ込んできたこともあった。その男、ふたこと目には「金貸せ、金貸せ」なんよ。何があっても「金貸せ」。あるとき、その男が車を乗り逃げしてどこに行ったのか分からんなった。しばらくしてその男が覚醒剤を買いに行っとる場所を教えてくれる者がおってね。その男を土佐山田の警察署に連れていった。殴り倒して。ボクシングやっとったからね、殴って連れていった。

北海道から親が来て、その男を連れて帰った。警察には「殴ったらいかん」ゆうて説教されたけんど、若かったきね。そういえば警察に「これは民間逮捕じゃ」とも言われた。そんな言葉、初めて聞いた。

社会の底辺ゆう言葉はおかしいけど、いろんな人が集まりやすい仕事やったんやろうねえ。こんな面白い商売はないんじゃけど。高知市から平山に嫁に来たエミちゃんにね、「エミちゃんもやってみんかえ」って誘うたことがある。

エミちゃんはこう言うた。「いやいや、私ら人間らしい生活がしたい」。故郷の平山で事業は興したけんど、自分らあの仕事は憐れみを持って見られよったのよねえ。エミちゃんはニラを詰める仕事を選んだ。

このころ宿毛市片島の回収人から夜自宅に電話があってね。「俺はもうやめる。

古紙引き取ってくれ」と。そういうことはよくあるんよ。4トン車に乗って片島に行った。

その4トン車に古紙を積んで。もうこれ以上積めんくらいに積んで。ところが「もっと積め」と言う。「倉庫を返さないかんき、全部持っていってくれ」と。積めんと言うのに積めと言われて、積んだ。それこそ山のように積んだ。

倉庫を出発して脇道から国道に出るんやけど、ちょっと道が斜めになっとるのね。その、国道に入ったところでトラックが倒れたんよ。国道に入ったあと、バキバキバキってすごい音立てて。右にどーんと倒れた。古紙が倒れて車を引き倒した。

隣に座っていた弟の誠が自分の上にどさっと落ちて、弟の隣にいたアキちゃんがその上にどさっと落ちてきた。国道は通行止め。古新聞や古本、古雑誌が周りに飛び散って、とにかく大変なことになっとるのよ。

そしたらね、通行人が集まってきて、飛び散った古紙をどんどん歩道に上げてくれた。その風景もすごい世界でねえ、ありがたかった。

警察も来たけど、手の出しようもなかったんじゃろ。運がええことにレッカー車が近くにおってね、トラックを横倒しから元に戻してもろうた。けんど古紙全部をトラックに積むわけにはいかん。平山の実家に電話をして、回収人のツツイ君に頼んだ。「四国建設センターで4トン車借りて片島まで来てくれ」と。四国建設センターというのは重機レンタルの会社ね。で、ツツイ君が来るのを待ってなんとか全部積んで帰った。まあ、若かったたきできたことやね。

歩道に古紙を上げてくれた人たちに「好きな本があったら持って帰ってねー」って声かけて。ほんと人の世話になっちゅうね。

日本一貧乏な古紙問屋

経営はホント厳しかった。厳しい原因は取引先がなかったことと、銀行取引がゼロやったことやねえ。銀行との取引なしにやりよった。日本一貧乏な問屋やった。

そのころやったと思うけど、いの町にある丸英製紙の会長に教えてもろうたことがある。丸英製紙というのはボックスティッシュやトイレットペーパーを作りゆう中堅企業やね。会長はこう言うた。

「気をつけないかんことがある。短気を慎め。自分の生きる世界を狭くするんじゃないぞ」と。短気短気、超がつくくらい短気やったきねえ。当時は。他愛もないことでけんかしてねえ。

商売のイロハ、誰にも教えられてないからね。帳簿の付け方、請求書の書き方も知らん。苦労するのは当たり前よねえ。1989(平成元)年くらいやったろうか、事務をする三八子が「カオルさんの商売、いよいよもうからんねえ」と嘆いたことがある。それくらいもうからんかった。もうからん時代が長かった。そうそう、そのとき三八子にはこう言うた。「何を言いよらあ、いま俺が何をしゆうかというたら、川原の石をどけて、小さい田んぼを作って、そこに植える苗を作りゆう時代ぞ、辛抱せえ」。秋の収穫はまだまだ先ぞ、そのうち金だけ数えよったらえいようにしちゃるからと。

1980(昭和55)年に古紙が暴落したとき、あと2年辛抱したらまた値が上がると思うたのよね。なぜかって、会社を辞めて2年後に古紙の暴騰に出合うとるじゃやない。古紙の値上がりサイクルは自分の心の中では2年やった。「辛抱2年、辛抱2年」と念じよったんじゃやけど、なんのことはない。それからずーっと辛抱が続いとる。

代納開始直後に話を戻すと、1981(昭和56)年の正月にトイレをつけた。1月1日に。それまで古紙ヤードにトイレもなかったきね。手伝うてくれたのが三八子の兄貴の一十四《かつとし》、通称かっちゃんやった。あのときの感謝の気持ちはよう忘れん。かっちゃんはね、生涯独り身やったんよ。2013(平成25)年にかっちゃんが亡くなったときは僕が全部始末をした。それはそのときの恩返しなんよ。

トイレをつけた年、1981(昭和56)年の3月にね、うれしいことがあった。待望の子どもが生まれたの。名前を美佐子とつけた。美しい女性に育ってほしい、そして将来の伴侶を補佐できる女性に、と。翌年の11月にはもう一人誕生した。真珠の珠のように美しい女性になってほしいと思って、珠美と名付けた。

大前田商店の回収トラックやけど、緑と黄と赤で塗っちゅうやろ。こじつけで言うと、これうちの経営の色なんよ。経営方針の色。

緑はもともと好きなの。小学1年のときに描いた絵は緑一色やった。絵を描くたび、一番減ったクレヨンが緑。緑って心が休まる色なんよ。

緑は安全の色でもある。会社の経営は安全が一番やから、中心となる色は緑。会社の経営は百パーセント安全ではないから黄色もある。少しは赤もある。経営を色で表したら、うちの車の色になる。子どものリュックサックをこの色に塗ろうとしたことがあってね、怒られた。

そういえば会社内で稼働する機械類はすべて緑色で統一しとるよ。

県勢初の大型ベーラー

苦しい経営が続きよった1983(昭和58)年、大前田商店の運命を左右するような一大事が起きた。

愛媛県に本社を置く大手ちり紙交換業者の故紙センターが高知県に殴り込みをかけると分かったのよ。なにせ組織力が違う。向こうは新車のトラック40台で乗り込んでくる。こっちは中古が数台やから勝負にならん。

とにかく土佐山田の山の中で細々とやっていては勝負にならんと考え、高知市の大津に倉庫を借りて工場を移した。

そのとき、高知県勢で初めてベーラーを入れるんよ。大型古紙梱包機。これが大事なのよ。新聞紙はまだええんやけど、ベーラーがないと段ボールを圧縮できん。段ボールは圧縮せんといかんきね。それに大津の倉庫は１００坪しかない。小さいのよね。圧縮をせんとさばききれんかった。

大型のベーラーというのを初めて見たのは愛媛県宇和島市やった。どこのニュースで見たか聞いたか忘れたけど、古鉄や古紙を扱う宇和島の清水商店が導入したと聞いて、見せてもろうた。

見て、ものすごく驚いた。古紙を放り込んだら全自動で１トン余りの固まりになって出てくる。こんなすごい機械があるのか、と。

このときね、それまで清水商店が使いよったきねつき式の手動プレス機を20万円ほどで譲ってもらったのよ。スクラップにしたときの値段くらいやと思う。プレスサイズは50センチ×50センチ×１メートル弱で、段ボールを約60キロの固まりにしてくれる。ベーラーに比べたら大人と子どもみたいなもんやけど、やっと平山で段ボールの処理ができると思うとすごくうれしかった。

とにかくね、大型ベーラーにものすごく驚いた。一生に一度くらいこんなのを導入してみたいと思うたんやけど、新品で1台が3千万円するわけやから。

そのすごい機械を、大津に工場を移したときに導入した。

中古やけど、思い切って買うた。

ベーラー導入には紆余曲折があったのよ。購入資金の貯蓄がないから現金では機械が買えん。銀行取引も全くないので借り入れもできない。考えられる方法はただ一つ、森実音之助商店に保証人になってもらうか、ベーラーを買ってもらって賃借りをする方法しかない。そう思って相談したが、断られた。無理もない。海のものとも山のものとも分からん先に何千万もの保証はできんわねえ。

このとき生まれて初めて国民金融公庫というところに行った。

高知市堺町のビルに行き、5階の窓口の女性に「設備資金を借りたい」と言うと、担保物件を求められた。国民金融公庫は中小企業に優しくて、融資に対して担保の提供は求めないと聞いちょったのよ。でも、そんなことはないのやね。以来、二度と足を運んだことはない。

大型ベーラーのメーカーである渡辺鉄工に相談すると、現金一括のみの販売という門前払い。以後、ここの取引も皆無。もう一つのメーカーである㈱昭和は、社長自ら高知に足を運んでくれた。苦境を話すと、「為替手形を切ればよい」と言う。仕組みはよう知らんけんど、昭和が振り出した60枚の手形の裏面に署名押印して毎月33万円の支払いやったと思う。合計で1980万円。

家賃36万＋ベーラー代33万円は当時の支払いにしては大きかったなあ。でも昭和には感謝や。以後、昭和に足を向けて寝たことはない。

大型ベーラーを無事に設置できて大津で営業を始めたのは、1984（昭和59）年の1月9日。うちが高知県勢で初めてベーラー入れたんで、周りが目をむいたねえ。「なんであそこがベーラー入れれるんじゃや」って。他社が雇うたんじゃろねえ、信用調査会社が何回も来た。「依頼主が納得せんので再調査、再調査」ゆうてね。

大津に移ったときは古紙の価格がまた少し上がっちょった。段ボールを大型トラック2台分持っていったらベーラー設置の工事代が出るという感じ。ところが翌年から大暴落。その中で故紙センターと戦うた。

まるで地獄に一直線

うちらみたいな弱小のちり紙交換と大きな組織の対決やから勝敗は見えちょった。と、みんなが思うたけんど、結果はうちが勝った。

設備やないのよね。故紙センターは思い切り設備投資して、従業員の募集もいっぱいして、シェアを一気に取る商法やけど、集めた紙が幾らで売れるかというところはうちと一緒やからね。古紙の値段がえいときはそのやり方でえいとしても、暴落したときは通用せん。車のリース代すら払えんなるからね。

古紙の相場は天井が短うて谷底が長いの。谷底になると設備投資が負担になるのよね。うちは谷底に合わしてるから比較的不況に強い。

故紙センターとの戦いが一息ついたのは１９８５(昭和60)年やった。理由は古紙の暴落。故紙センターはうちの10倍の古紙を回収しよったき、暴落の影響も大きかった。売り先がないから仕庫で持たないかん。そうなると設備資金も払えん。規模が大きいから傷も大きい。うちは設備資金も小さいし、社員も少ないから小回りがきく。扱う古紙も少なかったき、なんとか全量を売り抜くことができた。

戦ってる最中は買い競争もやったよ。ちり紙交換業者が回収した古紙をどちらが高く買うかという競争。策としては下のほうやけど、対抗手段はそれしかなかった。１キロ10円で古紙を買って、10円でしか売れんことがある。12円で買って10円でしか売れんこともある。買った値段以上に売れんかったら、逆ざやになって赤字になる。そういうリスクの中での戦いやった。苦しかった。全身全霊をかけて頑張った。

実際に逆ざやになったこともあるんよ。１９８４(昭和59)年末、初めて大きな在庫を持った。1千万円分の古紙。ところが正月明けたらそれがいきなり７５０万の値打ちしかなくなり、１カ月しないうちに５００万に。さらに４００万に下がって、とうとう200万になって。地獄に向かう感じやった。

問屋になって最初の暴落やった。故紙センターと戦いながら一所懸命に集めた古紙の山が暴落する。在庫の山を見ながら、「つぶれる」と思うた。そう思いながら、「古紙だけに頼ったらだめや」とも思った。何かないかと必死に考えていたとき、産業廃棄物が頭をかすめたんよ。それがのちにＲＰＦ工場に化ける。廃プラスチックを固形燃料にする工場なんやけど、相場にあまり左右されんからね。古紙は相場にほんろうされるのよ。経営にとってそれはまずいからね。

このころもいろんな人に世話になった。

愛媛県の製紙会社に納品するため、トラックで真夜中の国道32号を走りよったときやった。

大豊町の日浦《ひうら》というところでエンジントラブルが起きたのよ。仕方ないので退避所にトラックを停めて修理屋を待ちよった。退避所の横に民家があってね、長い時間停まっちゅうきどうしたもんじゃろうと思うたがやろうねえ。夜が明けてからやったと思うけんど、そこのおばあちゃんがお茶とおにぎりを持ってきてくれた。

おなかもすいつろう思うて持ってきてくれたんじゃろねえ。うれしいねえ。ありがたいねえ。お礼も言えてないけどいまでも感謝しちゅう。

トラックがかちかち山

人に助けてもろうたことはたくさんあるよ。

徳島に入った辺り、国道32号の大歩危小歩危辺りでトラックがパンクした。道の左側は山で、右側に家があった。パンクして困っちょったらその家の主人が工具を持ってきてくれて。パンクを直してくれた。すまんことやねえ。ほんと感謝するしかないけんど、そのお礼もできてない。人の世話になった話はきりがないね。

徳島の人にはほかでも世話になったよ。うちの社員が国道１９５号をトラックで走りよって、物部村の四ツ足峠を越した辺りでパンクした。そうしたら徳島県側の森林組合の人がパンクを直してくれてね。「電話代われ。お礼を言わないかん」と社員に言うて、その森林組合の人に電話に出てもろうたのよ。ありがとうって言うたあと、「お礼をしたいき住所を教えてくれ」と頼んだらその人がこう言うた。

「そんなことはえい。今度はおまえが困っとる人を見たら助けてやれ」

うるっときたねえ。困っちゅう人を助けるのは当たり前という感覚なのよ。世の中、持ちつ持たれつで成り立っちゅうのよね。自分がしてもろうてうれしいことは自分もしちゃらないかんと思う。

かちかち山の話もしておこうか。トラックが燃えた話。

このときも人に世話になりまくった。

深夜、徳島県池田町(現三好市)の国道で若い社員が自損事故を起こした。だいたいうちのトラックは夜中に走っとったのよ。なぜかというと、当時は荷物を積載オーバーしとったからゆっくり走らんといかんの。つまり、交通量の少ない夜中に走らないかん。いまはもう積載オーバーはないけどね、過積載の荷物はメーカーが一切引き取らんき。当時は積載オーバーありの時代やった。

このとき荷台に積んじょったのは段ボールで、愛媛県の製紙会社に運ぶ途中やった。自分が駆けつけて、段ボールを降ろさんまま応急処置をした。

それで出発したんやけど、衝突のショックで右後輪のスプリングが外れてタイヤのホイールをこすりゆう。車もちょっと傾いちょって、愛媛行きをあきらめて香川の工場に持っていくことにした。そっちのほうが近いきね。

徳島香川県境の猪ノ鼻峠を下りゆうときやった。ふっとサイドミラーを見たら右側が真っ赤ながよ。ホイールがこすれて熱が出て、タイヤが燃えゆう。驚いたねえ。かちかち山になっとるのよ。

まだ夜中やった。通りかかった車を全部停めて、「消火器貸してくれ、消火器貸してくれ」と。運のえいことに消火器を積んじゅうトラックがおった。プロパンガスを運ぶ高松の運送会社のトラックやったと思うけど、消火器を積んじょった。若い社員が「社長、ありました!」「おお、かけえ! かけえ!」。消火器で火を消し止めたときに消防車が来た。丸焼けになる直前で助かった。

このとき助かったのも人のおかげやねえ。何度も言うけんど、ほんといろんな人の世話になっとる。ありがたいと言うほかない。

無重力融資という怖さ

1987(昭和62)年ごろ、銀行取引が始まった。

きっかけはね、高知銀行大津支店の支店長が来たの。「当座口座を開設しませんか?」と言うので、「何がええことですか?」と聞いて。当座取引ができる、小切手と約束手形が切れると説明受けて。そのころ、丸住製紙から丸紅の手形をもろうてきてたんよ。それを見せたら支店長が「大商社丸紅の手形なんてこの辺りでは見たことない」って驚いてね。「どこで割ってますか?」と聞かれたので「割らん。期日まで置いちゅう」と答えたらまたびっくりして。

割るというのはね、こういうこと。5月30日、大前田が製紙会社に1千万円分の古紙を納入する。その代金を4カ月先払いの約束手形でもらう。期日の9月30日まで置けば全額の1千万円を手にすることができるが、早く現金化したい場合は銀行にその手形を持ち込んで金利を割り引いた現金をもらう。銀行に割引枠を作っているのが原則で、枠以内の現金化なら銀行の審査なしで利用できる。金利はそのときの市中金利や振り出し先、受取人の与信で決まるらしいけど。

銀行と取引を始めて、幾多の紆余曲折はあったけんど、事故は一度も起こさんかった。借りた金は必ず期日までに支払うた。取引先への支払いや社員に対する給料、賞与、税金、社会保険等、数えたらきりがない支払いについて、一度として滞ったことがない。高知に根を張る商売にはそこが一番大事なことやと信じて守ったたね。

無重力って感覚、分かる？　ふわふわとどこまでも上がる感覚。銀行との取引が長くなって、初めて無重力の世界に出たのよ。

それまでは地球の引力と闘いゆうようなもんやった。引力というのは貧乏のこと。豊かになりたいと努力をするが、宇宙へ出ようとすると強い引力に引き戻される。要するに、生半可な努力では引力の力に勝てんで引き戻される。貧乏がネックとなって思い通りのことがなかなかできん。ところが銀行に信用ができたら、銀行がカネを持ってきて使え、使えと言う。地球の貧乏引力から宇宙に飛び出して無重力の中で仕事する感覚。錯覚かもしれんけんど、これ、すごい楽なんよ。勝負の世界で見ると、月とすっぽん。

銀行からおカネを借りたら事業拡大は簡単なんやけど、それはせんかった。怖いのよ。若いころにいっぱい失敗してきたから。

それに自分はね、そもそも金を借りるのが嫌なんよ。「金を貸して」と人に頭を下げたこともない。絶対嫌なんよ。人に借りを作るのが。若いころはお金に困ったらカメラをね、質に入れてた。ミノルタの一眼レフカメラ。前にも言うた通り、自分はカメラとか写真にすごく執着があったからね。商売を始めたあと、銀行から設備資金を借りることも度々あったけど、「貸してくれ」とは言わない。「今度なんぼ要る」って言う。それで通用した。事業計画書を書いた記憶は一度もない。

手形の割引枠を作ったこともない。

本業はあくまで古紙で、本業以外のことは全く無理してないのよね。大豊町にある日本一の大杉は何千年も生きて、いまも年間数ミリという感じで太りゆう。そういう経営を目指したい、と。一番大事なのは地下の根っこなんよ。会社で考えたら社員なんよ。そういうことを考えるのは根っからの百姓やからやろうね。

県とケンカして勝った！

銀行と当座取引を始めてよかったのは、「お金を借りるときは会社が借りてください。保証人は社長個人でいいです」となったこと。それまでは第三者に保証人になってもらわんといかんかったからね。それがものすごいネックやった。

事業がだんだん大きくなってくると、大津が手狭になってきた。移転したいけど金を出せるか?と銀行に聞くと、「ええですよ」と。それで移ることにした。

土地を探しゆうとき、こんなことがあった。1989(平成元)年やったと思う。朝、大津の工場に行ったら古紙ヤードでごそごそ動いとる男がおる。「何をしゆう」と言うと、「何かないか探しゆう」。「どこから来た」「岡豊《おこう》や」「岡豊ゆうたらニシハラマサアキ知らんか」という会話になって。

ニシハラゆうのは18歳のときに勤めよった甲藤農機で一緒に働いた男やけど、「マサアキ知らんか」と聞くと「わしの子や」と言う。その男、マサアキのお父さんやったわけや。こっちは土地を探しとるから、気軽な調子で「土地を探しゆうけど、えい土地はないかよ」と聞いたら、「あるよ」と。自分の土地があると言うがよ。

見に行ったらね、田んぼをもう埋め立てちょってね、使えるようになってた。800坪くらいあったかなあ。そのうちの200坪を買うた。日の丸みたいなもんで、土地の真ん中を。入り口部分とかは借りた。

そこを新たな拠点にしたんやけど、その後何年間かはこの土地のことでもめにもめた。ニシハラともめたわけじゃなくて、まあ、県ともめた。

農地じゃなくて雑種地にはなっちょったんやけど、市街化調整区域やったんよ。開発申請を出したけど、県が調整区域を外してくれん。調整区域が外れんと、建物を建てることができん。困った。どうしたらいいものかと考えた。

行き着いたのは、建物を建てなければいいということ。建物がダメということは、建物じゃなければいいじゃやろうと。

建物の定義は、①基礎がある②四方が壁に囲まれている③屋根がある。定義から外すため、基礎は全くしなかった。穴を掘って古電柱を挿し、それを柱にして二面だけ壁を造った。ただ、屋根だけはどうしようもない。屋根を造ろうとした。

と、県の建築指導課が飛んできて、「違反や。やめろ。やめんかったら紙を貼るぞ」と怒る。紙というのは、工事中止の赤い紙。「お願いやき待ってくれ。屋根だけは葺かしてくれ」と頼んで。結局、赤い紙は貼られんかった。

屋根を造ったのが逆鱗に触れたんじゃろうけど、屋根がないとどうしようもない。結局、違法状態で使い始めた。大津から引っ越して。県とはケンカ状態よねえ。

7～8年、どうしようもない状態になっちょったんやけど、これが奇跡的に解決した。解決の原因も、また土地なんよ。

大津から引っ越したあと、駐車場にするために隣の農地を200坪買うた。こちらは雑種地じゃなくて、農地。これの所有権移転をしようとしたんやけど、農地を転用するための5条申請が要る。農地法第5条に基づく転用許可申請というやつ。これが3年間たなざらしにされた。

県に行って「どうなってるの?」と聞くと、「申請書はここにある」と。文字通り、棚に指をさしてたなざらし。売り主がしびれを切らしてね。どうしようもないので、行政書士に相談をして中国四国農政局に行政不服審査を申し立てた。

県が慌ててね、「取り下げてくれ」と言ってきた。こっちは「3年間もたなざらしにされてどうして取り下げないかんの」と言って。「取り下げん」と突っ張ねてると、県が「取り下げてくれたら開発許可を出す」と言ってきた。開発許可を出すというのは、ニシハラから買った土地のこと。こっちは許可をくれたらうれしいわねえ。「本当か?」「本当や」「まっことか?」「まっことや」「間違いないか?」「間違いない」。中国四国農政局からは「取り下げるな」と言われたんやけど、許可がもらいたいという下心のほうが強うて。申し立てを取り下げたら本当に許可をくれた。

一件審査というらしいけど、県の審査で「建物を建ててよろしい」という結論が出て、それから県の職員が4〜5回来たよ。「判子をくれ」って。書類が整って、晴れて違法状態がなくなった。これがニシハラの土地に古紙ヤードを造って7〜8年後やった。

県とケンカをしたことはほかにもあるけど、勝ったのはこれだけ。知り合いの不動産屋には「七不思議の一つや」と言われたよ。「私も長く不動産業をやってるけど、違法建築物を先に建てて、あとから許可を取ったのはあんただけや」って。この当時、リサイクル業の大切さが全国的にすごく言われるようになって、リサイクル施設の建設に行政が甘うなっていたというのもあったかもしれんね。

ニシハラの土地には後日談が2つあってね。残りの土地を担保にしておカネを貸しちょったんよ。「貸して」って言われて。残りの土地というのは借りちょった部分ね、たぶん６００坪くらい。それを担保に入れてもろうて、2千万円貸して。期限が来たので「返して」って言うと、「ない」と夫婦がそろって頭を横に振る。「あの土地をやる」と。こっちが「あの土地で2千万は安いわねえ、あと1千万円つけちゃる」と言うと、喜んでね。すぐに印鑑証明を持ってきてくれて。１千万円を足して所有権を移転した。

もう一つはこの土地にトラックスケール(車両重量計)の穴を掘ったときに分かったことでね。縦8《メートル》、横3《メートル》、深さ2《メートル》くらいの穴を掘ったら、ゴミがいっぱい出てきた。「あれ、ひどいゴミが出てくるけんどうしたが?」って聞いたら、あきれたね。１９７０(昭和45)年の台風10号で出た南国市内のごみで埋め立てちょったのよ。これに懲りたんで、以後埋め立て地の土地を買うときにはかなり慎重になったねえ。

厄年はやっぱり怖かった

1989(平成元)年は数えで42歳の厄年やった。

厄年というのは怖いねえ。この年、実は3回も自動車事故に遭うちゅうのよ。

1回目は大津の工場から箱バンで大津バイパスに出たとき。右折しようとバイパスに出たら、右から猛スピードで乗用車が来てぶつかった。思い切り前がひしゃげた。ブレーキの前のところが。

2回目は南国市の高知東道路やった。青信号で交差点に入ったら、対向してきた軽トラックが右折してきて自分の箱バンの後部にドン。

直進が青の矢印で、右折するのは信号無視やった。つまり、信号無視の軽トラに当てられた。

もう一つは県外。兵庫県姫路市の製紙会社へトラックで段ボールを運びよった。香川県の高松港からフェリーで岡山の宇野に渡り、岡山市へ。

岡山で国道2号に入ったところやった。カーブで突然、大型トラックが目の前に現れたがよ。相手がこっちの車線に入ってきて。あわや出合い頭に衝突！というところでなんとか回避できた。

回避はしたけんど、それから背中がぞくぞくして。そのぞくぞくが止まらんのよ。おかしいぞ、これはおかしいぞ、と思いながら走りよった。

兵庫県の加古川まで走ったときやった。

橋の上が渋滞しちょった。トラックを停めて、背中がぞくぞくするき、バックミラーを見た。「前に行けん、行けん」と、妙な不安を感じながら。と、バックミラーに猛スピードで走ってくるトラックが映った。こっちがブレーキ灯をピカピカさせても全然スピードを弱めん。もういかんと思うて、ブレーキを思い切り踏んで、ハンドルに手を突っ張った。そこへ、ドン！

運がよかったのは、積んだ段ボールが荷台から後ろへ50センチくらいはみ出しちょったこと。そこへ最初に当たったき、段ボールが緩衝材になってくれた。相手は岡山のトラックで、耐火レンガを積んじょった。運転手を引っ張り出したらへべれけに酔っ払うちゅう。飲酒運転やった。

あのときは背筋のぞくぞくが止まらんかったきねえ。これはなんかあるぞ、と思いよったらやっぱりあった。

この年は1月7日に昭和天皇が亡くなり、そこで昭和が終わった。2月には手塚治虫、4月には松下幸之助、6月には美空ひばり。昭和を象徴する人たちが次々と消えていった。日本経済はバブルに沸いちょって、アメリカの象徴ともいえるロックフェラーセンターを三菱地所が買収したりもした。年末には日経平均株価が3万8957円の最高値。それがバブルのピークやったんやろね。30年後のいまはその半額くらいやき、いかにバブルがすごかったかが分かるよね。

有限会社「大前田商店」設立

会社を設立したのは1990(平成2)年の5月2日やった。

有限会社大前田商店。資本金は500万円。

おさらいすると、高知に帰郷したのが1977(昭和52)年の4月。高知市江陽町のアパートを根城にして古紙回収業を本格的に始めたのが同じ年の9月。1980(昭和55)年5月に土佐山田町平山に古紙ヤードを造り始め、同年10月に古紙問屋を開業した。1984(昭和59)年1月、大型ベーラーを導入して高知市大津へ移転――。

大津の時代は新聞雑誌がメインやったね。ちりがみ交換の回収人たちが家庭を中心に回りよったき。ちり紙交換では新聞がたくさん集まった。それだけ新聞の読者が多かったということやけど、年がたつにつれてどんどん落ちていった。読者がどんどん減っていったということや。新聞社にとってはたまらんことやと思う。

ついでに触れると、ちり紙交換で新聞の回収が落ちた原因はもう一つあって、それが回収方法の多様化。昔はトラックで家庭を回って回収するだけやったけど、再生資源としてPTAや町内会が集団回収を始めたし、スーパーに回収ボックスを置いたりしだしたからね。

大津の時代はまだそれらは少なくて、ちり紙交換の回収トラックと個人の持ち込みが主やった。ヤードもきちきちやし、制約がいっぱいあった。

で、1990(平成2)年に南国市岡豊町に移転を始めた。頭の中にあったプランはね、古紙一本やりからの脱却。何回も言うたように、古紙はすごく不安定なの。相場が上がったり下がったりで。もし古紙が一枚も売れなくなったときにどうするか。そうなったときでも生き残れるようにしないといかんと思うたのよね。

それもラーメン屋やうどん屋じゃなく、いまの商売の中でカネのなる木を育てたいな、と。それで缶、瓶の収集を始め、産業廃棄物収集運搬業の許可も取った。

かなり遅れてから南国市の一般廃棄物業の許可も取った。

缶、瓶は至るところにあるのよ。大口はベンダーやけど、大きなベンダーはもう行き先が決まっていてうちが入り込む余地はない。それでも少しずつ契約を増やした。コカ・コーラはだめやけど、小さいベンダーはうちが回収できるとか。売るほうはね、製鉄会社やアルミ精錬会社に納品するほか、バイヤーが買いにも来る。でもこれも相場の乱高下が激しいのよ。

再生資源はすべて浮き沈みが激しゅうてね、浮いたときのことばかりを考えよったら大変なことになる。

移転した年の9月には2台目の大型べーラーを導入した。今度のも昭和製。支払いは日立リースを利用したけど、審査はすんなり通った。

岡豊町への移転を完了したのは1992(平成4)年の4月。

岡豊に移ってからは再生資源の集団回収にも積極的に取り組んだ。

1993(平成5)年の2月には高知市の南久保卸団地、帯屋町商店街と古紙の共同回収事業を始めて。5月には高知市と周辺市町村、一部企業の機密文書回収溶解事業もスタートさせた。

それまで機密文書はシュレッダーにかけて燃やしよったんやけど、量も多いし、良質の紙資源を燃やしたらもったいない。それで、高知市役所が中心になって「高知クリーン推進会」という組織を立ち上げたのよ。その会でやったのはね、ちょっと長いけど、「高知市近郊市町村及び企業機密文書共同回収溶解再生事業」。要するに高知市プラス周辺市町村と一部企業の機密文書を集め、再生させる事業やった。外部に文書が流れないように厳密なマニュアルを決め、うちとスギムラ、町田産業の3社が交替で回収して製紙会社の溶解場所まで運ぶ。そういうシステム。そのために箱バンも2台買うたよ。トラックでは機密文書は運べんから。

以後、行政関係の古紙を扱わせてもらうことが増えた。

高知県庁全庁舎の古紙回収を委託されたのは1996(平成8)年。翌年から高知市役所全庁舎でも古紙回収の業務委託を受けた。5年後には県内5市から古紙回収を受託するようになった。

家庭を回るちり紙交換での扱い量は増えんかったけど、集団回収や回収委託のおかげで全体の扱い量は増えていった。特に行政の回収委託は、県下全域からまとまった量が入ってくるからね。

岡豊に行くころからちり紙交換の回収人を募集しなくなったし、増やそうともしてないのよ。岡豊に移ったときで10人ちょっと。大津のときとそう変わってない。すごいのは高齢化やね。大津の当時に40代の人がもう70代後半やからね。40年もやったら高齢化の恐ろしさが分かる。全国的にもちり紙交換をする人は年々減ってるからね、もう絶滅危惧種やね。ちり紙交換という言葉自体を知らん人も増えていくんじゃないかな。

社員のことはねえ、責任を感じるんよ。うちの会社で一生終わる人もおるんじゃやきねえ。みんなが丸う丸うにやっていけるようにと思う。先々にはうちで老人ホームを作らないかんとも思いゆう。冗談じゃなく、本気で。

UFO撮って有名人に

ちょっと横道にそれるけど、このころ楽しいことがあった。

1992(平成4)年、UFOを見たのよ。未確認飛行物体。

10月9日の夕方やった。

西南の空、山の上くらいに光るもんが見えた。角度で言うと20度くらいで、星よりもずっと大きい光。それがジグザグに下りてきて、ぴたっと止まった。「片目の車のヘッドライトじゃないよなあ」「ハーレーの単車じゃないよなあ」と思いながら、長男の純司を呼んで「あそこに山があったか?」と聞いてみた。

純司は「あんなところに山はないぜ」と言う。「変な光が下りてきたがよ」と純司に言いながら、「おかしな動きをしながら下りてくる飛行機があったもんや」と思って仕事に戻った。

しばらくして西南の空を見ると、まだ光がある。「こりゃおかしい。飛行機やったら空中に止まっておれんはずぜ」と思うたのよ。ちょうどその日は次女と三女の運動会があった関係で車にビデオカメラを積んじょった。それを取ってきて、64倍ズームで撮影した。ズームで光を拡大したら……まあっ驚いたちや。

上が真っ平らでちょっと三角。かまどでごはんを炊く羽釜に似た形やった。カメラを向けてからじきに羽釜が西に動き始めた。よく見ると、超高速で回転しながらゆっくりと飛ぶ。進行方向と反対にはまばゆい緑の光を出しゆう。ゆっくり飛んで、山の稜線を越え、向こう側に消えかかった。

純司に「脚立を持ってこい」と言って、その脚立をパッカー車の上に立てた。飛んでいくUFOの撮影を続けようとしたがやけんど、いかんかった。山の向こうへ飛んで見えんなってしもうた。

撮影時間は約5分。ビデオでUFOを撮ったことを誰かが高知新聞に連絡したんじゃろう、新聞記者が来て新聞に出た。見出しは「オオッ　UFO!? ビデオに収める」。それから騒ぎが一気に大きゅうなった。

ＵＦＯファンとかいろんな人が連絡してきてね、雑誌の「ムー」とか地元のテレビにも取り上げてもろうた。少年ジャンプやったかマガジンやったか忘れたけんど、少年マンガ誌にも載ったよ。そうそう、草野仁キャスターの番組でも紹介された。なんていう番組やったかな。

騒ぎがひと通り続いて、とうとう全国放送のスタジオに来てくれという依頼が来た。ほんで東京のスタジオまで行って、スタジオで収録して。ビートたけしの「ＴＶタックル」ゆう番組やった。

ええ経験やった。テレビ朝日のスタジオに入ったら飯島愛ちゃんがおるんよ。早速お願いしてサインしてもろうて。そのときのキャスターは、いま国会議員をしゆう丸川珠代さんやった。ビートたけしにもサインをもらいたいわねえ。でもサイン色紙がなくなって、飯島愛ちゃんがサインしてくれた裏にサインしてもろうた。

表が飯島愛、裏がビートたけし。愛ちゃんも亡くなったし、いまとなってはすごい色紙やないかな。

ＵＦＯをきっかけに、すごくいろんな人に会えた。東京まで行ってテレビの全国放送に出たんやからね。ほんと貴重な経験やった。

選挙カー運転、連続17日

ＵＦＯつながりで選挙カーの運転手もしたよ。ＵＦＯの新聞記事をきっかけにして知り合ったマツオカ君にさそわれて、ある宗教団体の集まりに行ったことがあって。そこに田村公平さんが来てたんよ。のちに参院議員になる公平さん。そのときは１９９０(平成２)年２月と１９９３(平成５)年７月の衆院議員選挙に連続して落ちちょった。

自民党公認で出た93年のときは次点で、最下位当選の自民党公認、山本有二さんとはわずか８千票弱の差。ほんと惜敗やった。

会うたのはその選挙があった翌年くらいじゃなかったろうか。その集まりへあいさつ回りに来た公平さんと、喫茶店で一緒にコーヒーを飲んだのよ。

「また選挙出るかえ」と聞くと「出る」と言う。それを聞いて、気軽な調子で「運転手くらいならできるき、なんかあったら言うてね」って答えたんよ。

何かの本で読んでたの。選挙の応援をするのであれば、お金を出すか、労力を出すかだと。自分にはお金はないから労力しか提供できん。運転には自信があるので運転手なら、と思って。

公平さんを支持しちょったというか、親父の良平さんの関係よね。良平さんは衆院議員を1990(平成2)年まで7期務めた政治家やった。田舎では人気があったのよね、良平さんは。出身が土佐山田町新改でね、うちの平山も大きな字《あざ》でゆうたら新改に入る。だから一帯には根強い田村党がおったんよ。

直接自分は良平さんと話したことはないけんど、中学のときにこんなことがあった。田んぼの下ごしらえをしとったら、良平さんが来た。選挙やったんよね。地下足袋を履いて、田んぼに飛び込んできたんよ。うちの親父らが野良着を着て働いているところへ。自分は選挙なんて知らんのやけど、野良仕事の中へ飛び込んできてくれたのになんか感動してね。自分が中学のときの衆院選を調べたら、1963(昭和38)年11月やった。良平さんが初当選した選挙やね。

そんなことがあったんで息子の公平さんに協力しようと思うてね。本当に頼まれるとは思わんかったんやけど、それからだいぶして公平さんの事務所から電話がかかってきた。「乗ってくれ、運転手してくれ」と。

1995(平成7)年の7月やった。公平さんが無所属で出て、自民党公認の広田勝さんや無所属現職の西岡瑠璃子さんらと戦うた。広田勝さんはいま衆院議員やっとる広田一さんのお父さんやね。勝さんは組織票があったき、強うてねえ。

驚いたのは運転手にスペアがおらんかったんよ。僕一人。17日間、自分が乗り通さないかん。けっこうきつかった。

最後のほうは運転しながら倒れそうになっちょったきねえ。そうそう、公平さんに怒られてウグイス嬢の人が泣くのよ。それをなぐさめたりして。

選挙の最終日は大雨やった。

高知市内が冠水を始めたその中で、公平さんは県民市民の安全を喚起しよった。

このときに作った句がこれ。

公平に
雨の粒ほど
票よ降れ

しんどい思いもしたけど、結果は勝利で終わったきね。一生懸命やった分、勝ったときの喜びは格別やったねえ。

自分は服には全くお金をかけんのやけど、公平さんが当選したことでそうもいかんなった。祝勝会みたいなのとか、いろんな席に呼ばれるのよ。それでスーツを作ってね。スーツを作るのはマツダを辞めて以来、18年ぶりやった。

公平さんの選挙ではその後も運転手をやったよ。2回。2001(平成13)年には再選され、2007(平成19)年には落選した。この2回は運転手の交代要員がおったから、しんどさは少しましやった。

「はしご経営」で一歩一歩

話を戻すと、南国市岡豊町に移ってから事業は徐々に拡大した。施設も充実させていった。

1994(平成6)年11月には隣地を購入して敷地を増やした。1995(平成7)年6月には高性能焼却炉を導入。1997(平成9)年8月には大型金属プレス機を購入した。これには空き缶自動選別ラインがついていて、作業能率は格段に上がった。アルミ、スチール、その他に自動的に分けてくれるのよ。値段は3千万円をちょっと超した。

岡豊に移ってベーラーは2台入れたけんど、値段は1台3500万円くらい。岡豊に移ってからは当時の最新鋭機械を入れていった。

同じ8月、鉄骨造りの新倉庫が完成する。広さは100坪。圧縮後の古紙650トンをここに入れた。

そうやって業況を大きくしてはきたけど、一気呵成に増やすのではなく、じわじわと拡大した。一つずつ、一つずつと思って。このやり方が昔、大豊町杉の吉野川で見た松の木なのよ。でもそれが一番楽なのよね。

大きい借金をして、大きな設備をして、お客さんをどっさり集めてというやり方もあると思う。ただ、自分は借金の怖さ、無一文の怖さを知っとるからね。

ちり紙交換を始めたとき、クレジット会社からお金を借りてトラックを購入したら金利は年18％。べらぼうに高かった。でも無一文やからね。お金はなくてもトラックは要る、古紙回収に行ってもらわないかんから。それでクレジット会社を利用したわけやけど、いまでは考えられんほど金利は高かった。

クレジット会社の次にリース会社を利用して、最後は銀行の融資。銀行融資はすごく楽やねえ。前にも言うたように保証人が要らんし。事業計画書なしでも融資してくれた。そのためにはものすごく信用が大事。信用はすごい宝なのよねぇ。

最初は高知銀行だけやったけんど、10年くらい前から四国銀行とかほかの銀行も入ってきた。いまは伊予銀行、徳島大正銀行を加えた4行を利用させてもろうとる。安い金利を提示してくれるんよね。いまの最低提示金利は0・35％くらいかな。1億円借りて年35万円の金利やき、安いよね。

安い金利でお金を借りられるようにはなったけど、無理はしない。自分は「はしご経営」って言うとるんやけど、目の前の1段しか上がらない。いきなりはしごの一番上をつかもうとしたら失敗すると思って。自分の経営はそれに徹しとるんよ。

慌てた人は10段上に手をかける。それで成功したらすごい。自分はそうじゃなくて、1段ずつ。堅実に、目の前の一つの仕事をしてきた。

会社を絶対につぶさん方法はね、たった一つ、借金と同額の現金を持つこと。自分はいつもそう思いゆう。たとえ傷を負ってもやり直せる経営、それは内部留保しかない。左前になったら速いんじゃき。あれよあれよという間に現金が消えるんじゃやき。

順調に拡大を続けよった1998(平成10)年の秋、とんでもない落とし穴が待ちよった。

命だけは助かった!

1998(平成10)年はねえ、7月末にもうすすきの穂が出ちょった。異常に早かった。不思議や、これはおかしいぞと思いよった。

その年は7月も8月も雨が降らんかった。

それが、全部まとめて9月の末に降った。

9月24日。夕方から高知県中心部に激しい雨が降り始めた。雨というより、バケツをひっくり返したみたいに水が落ちてきた。雷もひっきりなしで、土砂降り音と雷鳴、稲妻が重なって異様な雰囲気となっていったのよ。

夜が深まると雨はどんどん激しゅうなって。高知地方気象台の記録を見ると、午後10時までの1時間に高知市で１１２《ミリ》、11時までの1時間に須崎市で１２６《ミリ》、南国市後免で１１９《ミリ》、香美市繁藤で１０９《ミリ》。とにかくすさまじい雨になった。

夕方から作業場に濁水が入ってきた。作業場には古紙がいっぱいあるから、それが水に浮く。三八子と里香と3人で流れる古紙を高い場所に置き直す作業をやりよった。それが一段落したのが午後8時前。事務所に入り、顧客名簿を高いところに避難させた。と、電気が消えた。午後10時くらいやったと思う。

ほどなく事務所入り口のドアのガラスが水圧で割れた。地面から50《センチ》くらいのところが。それで水がどっと入ってきた。腰まで水に浸かった。

これは危ない、逃げろって三八子と里香に声をかけて逃げた。腰まで水に浸かりながら、命からがら作業場に逃げた。最初はベーラーに登って避難した。ベーラーの高さは地上から4《メートル》くらい。ところがね、寒いんよ。異様な風が吹いて。それと雷鳴。ぴかっぴかっ、どーんどーんってすごいのよ。

寒いし、気持ち悪いし、ベーラーの上から壁を伝って積み上げた古紙の上に移動した。シュレッダーで裁断した古紙を入れた大きな籠があって、そこに潜り込んだ。3段積みの一番上の籠で、これも地面から4・5メートルある。体が冷えて、寒かった。水はどんどん増えて人の背丈を超えるし、積み上げた籠がいつ崩れるかも分からんし。恐怖で寒いゆうのもあるきねえ、とにかく寒かった。

がたがた震えながら何回もほっぺたをつねった。これは夢ではないんか、と。でもつねったら痛い。ほんとにそんなことをするもんじゃねえ、人というもんは。

水の高さは2メートルくらいやったと思う。突然、里香が叫んだ。「いやーっ、車が流されゆう！」。見たら車がぷかぷか流されゆう。思わず叫んだ。「いかん、あらうちの車ぜよ！」。叫んでもどうしようもない。車はぷかぷか流されていった。

雨はやまん。下は濁水。その夜は籠に入った古紙の中で震えながら寝た。

寝ながらね、頭の中をすごいいろいろなことがよぎったのよ。これを復旧するには幾らかかるかと。2千万か、3千万か。考えて、「もし3千万円かかってもなんとか内部留保のお金でやれるな」とか。

もう一つ考えたのは、あしたから復旧せなあいかんけんど、車がないということ。そうや、「あした朝一番で四国建設センターのトラックとダンプとユニック車（クレーン付きトラック）を押さえよう」と。持っていたセルラーの携帯電話でコヤマ君に電話して、「あした朝一番で建設センターに行って、いまから言う台数を押さえてくれ」と頼んだ。

段取りが決まったら眠れた。というか、仮眠が取れた。いま考えたら気絶しとったのかもしれんけど、少し寝た。

メシつき1万で復旧作業

一夜明けて、高知県の中央部は水没やった。高知市の床上浸水は1万棟を超え、多くの会社、工場が文字通り水没した。

災害につけられた名称は「高知豪雨」。

大津とか高知市の東部は翌日も水没したままやったけど、うちの会社がある南国市は水が引いちょった。

ひどい光景やった。水に浸かった車が重なり合って、ショートして、勝手にライトがついて、指示器がついて、ホーンが鳴って。すごかった。車の墓場みたいやった。

当時、オスの鶏が会社に居ついとったんよ。朝になるとそれが鳴くんよ、コケコッコーゆうて。犬も飼いよったけんど、機械へ登らせることもできん。鎖を解いて逃がしたらどこをどう逃げたか助かっちょった。

コヤマ君は朝一番で四国建設センターに行って、トラックやユニック車を借りてくれた。これは大きかった。そのあとで借りたい会社がどばーっと建設センターに来たけど、もうなかったみたいやね。うちは先に借りたから手当てできた。

それから全社員を集めて復旧にかかった。

その当時の正社員は7人で、あとはちり紙交換をする歩合制の回収人が10人くらい。その人たちに「1日1万円、日当として毎日現金を出す」と。そうすればちり紙交換の人も生活できるし、会社も人を雇わなくていい。ご飯も3食つけて日当を出したら、一生懸命やってくれて。だから復旧は早かった。

トラックやパッカー車を中心に車は60台くらいあったけど、従業員が自宅に乗って帰ったり、ほかの駐車場に行ったりしてるのを除いて50台くらいが水没した。従業員数に比べて車が多いのはね、人に合わすんじゃなくて仕事に合わしてるから。仕事ごとに車が要るので、どうしても車の数は増えるのよ。

機密文書を回収する箱バンは一番遠くまで流されちょった。荷室に空気しか入ってなかったき、軽いわねえ。2台のうち1台はぷかぷかと流れ流れて、高知医大(現高知大医学部)の近くまで行って、堤防の向こう側に落ちちょった。もう1台は国分川の最下流で沈没しちょった。県が「どうしますか?」と言うてきたので、「好きにしてくれ」と答えた。川から引き上げてスクラップにしたらしいね。

車がないと仕事にならんので、修理できる水没車は自分たちで修理して。自動車整備工場にもかなり無理なお願いをしたもんやった。

修理した経験から言うと、絶対してはいかんのは水没車のセルを回すことやね。

エンジンのピストンがひん曲がる。正確にはクランクかピストンのロッドがくの字に曲がる。そうなるともうエンジンはだめ。おしゃか。自分が失敗したから分かるのよ。

それを防ぐため、ガソリン車の場合はプラグを抜いてエンジン内部の水を抜く。ディーゼル車は噴射プラグを全部外し、手で一度回転させて内部の水を排出してからセルを回す。そうしたらピストンシリンダー内部の水が抜けてロッドが助かる。水没して初めてそういうことを勉強した。

運がよかったのは、あふれたのが川の水やったこと。塩水やったら車は全部だめになっちょった。真水の場合、特にディーゼル車は比較的助かるのよね。ただ、粒子の小さい泥がどうしようもないというか。なんともならんくらい面倒やった。工場にも事務所にもいまだにヘドロの残骸が残っちゅう。

近年、水害に遭うところが多いけど、自分は痛いほど分かるのよね。水に浸かるのは、それはもう大変なことや。被災して以来、水害に遭いそうになったら車は高台に持っていくことにしちゅう。そのための駐車場も構えた。何十年かに一回はあることじゃから、それも想定しちょかんと。

高知豪雨では車だけじゃなくベーラーも、空き缶用の大型金属プレス機も、事務所のパソコンも、トラックスケールも、ぜんぶやられた。機械自体はなんとかなっても、操作盤がいかん。だめになった。保険？　適用になったのは何もない。車両保険なんてかけんしね。ここが水に浸かるなんて考えもせんかった。

被災の翌朝か、翌々朝か、銀行が来たのよ。高知銀行の支店長代理。「おカネは要るだけ言うてくださいね」と言うてもろうて。あれは助かった。うれしかった。そうしたら県の融資制度ができたことが分かってね。水害緊急融資ゆうやつ。高知銀行を通じてそれを借りることができた。被災した企業が対象で、利子全額補助があった。それで3千万円借りて、内部留保には手をつけんで済んだ。

車を買い替えるだけでも3千万ではぜんぜん足りんのやけど、修理できるのは修理して使うたから。3千万円でなんとかなった。

ベーラーが直ったのは被災から数日後やった。修理のため、昭和がいち早く東京から駆けつけてくれた。これはまっこと助かった。1週間後にはもうベーラーを稼働させることができた。

四国建設センターのトラックで回収を再開し、１カ月後には空き缶自動選別機付きの大型プレス機が復旧した。トラックスケールも仮復旧を経て３カ月後に完全復活した。

給料日が近づくと怖かった

記録を見ると、高知市の24時間降水量は８６１・０ミリ。２日間の降水量は後免で８７４ミリ、繁藤で９９１ミリ。すごい雨やった。

11年後、高知市五台山に新工場を造るのはこのときの体験からなんよ。危険を分散せんといかん、本拠がやられても別の場所で事業を続けられるようにせんといかん、そう痛感したのよ。

被災はしたけんど、次はこうせないかん、次はこうと自分で段取りを考えたこともよかったと思う。

そういえば1978(昭和53)年ごろにこんな歌を作った。

願わくば

わが生き方を

もってして

日本世界の

元に逝きたし

当時はまだ無一文。無一文でありながら将来を見据えて作ったのよね。

日本、世界で貧しい人が、僕の生き方のまねをしたら豊かになれるよ。そういうお手本になって死にたい、と。そういう思い。

40年前に古紙問屋を始めてから、一度も赤字を出さずに会社を育ててきた。それ自体、やる気になったらできるよというメッセージやと思うけど、どうかな。

以前はね、ちり紙交換の支払い日になると逃げとうなっちょった。渡す歩合金が少ないき。やっぱりたっぷりのお金を渡したいわねえ。

回収人の中には歩合金が多い人もおるけど、少ない人は生活保護よりも少ないきねえ。もっと働いてくれたらええんやけど、そういう人は働かんのよね。お金を取れる人は仕事が面白くなったのか、どんどん働くんやけど。

実は問屋になったとき、大失敗したのよ。古紙の相場がよくなっていたので売上金はどんどん回収人に渡してあげた。うちに利益が残らんでもみんなが喜んでくれたらかまわんと思いよった。これだけよくしてあげたら古紙が安うなっても頑張ってくれる、と。ところがだめ。古紙価格が下がったら誰も残ってくれんの。はい、サヨナラって感じ。

主食の古紙が回収できんのやから売り上げはない。蓄えもない。当時の利益は1年働いて何万円の世界やった。まだ典型的な零細企業やからね。

それでもね、なりふり構わず、昼夜問わず働いた。おかげで問屋になってから給与の遅配は一回もない。自分でも大したもんやと思う。金融機関に支払い猶予を求めたこともないしね。大きなビルを建てたり、社長室にふんぞり返ったりは、いまだにできんけど。

商売は一寸先が闇やから、絶対につぶれんものを編み出さないかん。最大の秘訣は無理をせんことやと思う。設備投資をするとき、それによる売り上げがゼロやと仮定しとるんよ。それでも経営できるなら設備投資をする、と。

規則で人は縛れない

社員のことを言えば、一番気をつけているのは定着。つまり大前田に勤めることで、家族が生活できること。事業を始めたころは定着してくれんで大変やった。いま働いている社員は抜群にえい人ばかりやね。組織にはね、どうしても余分な人が必要。それにまだ仕事が太りゆうからね、人はまだまだ足らんのよ。

定着するかどうかというのは履歴書を見たら分かる。たとえば、うちに来る前に仕事を一カ所しか替わってない人がおった。「この人は続く」と思うたんやけど、その通り。定着してくれてる。1ページに書ききれんくらい仕事を替わっとる人もおるけど、そういう人は定着せん。ざっくり言うと、定着する人はまじめで辛抱できる人、粘りがある人。定着せん人はちょっとはすっぱなところがある人やと思う。自分がはすっぱなほうやったからよう分かる。

仕事が続かん人は自分からいなくなる。仕事が嫌いなんやね。単純に。楽して稼げたらええんやけど、そんな甘い話はない。なにさまうちの仕事は忙しいから。人的なゆとりもない中でやりゆうきね。トイレ掃除？　当番制にしちゅう。当番を決めて、掃除をしたあとでそのことを記入して。

従業員教育なんて別にない。規則もほとんどない。規則でがんじがらめにしたら思い通りに働くかといえば、そんなもんやないしね。いまの風潮は、社員の特徴を一律に考えとるよね。単純な数字で評価したり。社員は一人ひとり特徴も長所も違うんやから、それを見極めんといかん。気をつけとるのは、気持ちよく働けるようにすること。具体的に何をしとるかと言われても思いつかんというか、なんにもないんやけんど。

うちの組織は文鎮方式なのよ。真ん中の飛び出ているところが社長で、あとはみんな同じ。ヒラ。いまは正社員が60人、歩合制の人やアルバイトを加えて80人が働きゆう。80人にもなったら文鎮では無理。目が届かん。じゃけ、リーダー的な人を何人か置いてやってもらうようにした。そうすることで自分はすごく楽になった。

社員のやる気を引き出すって難しいよね。1人が1時間のロスを出すと80人で80時間。頭から10人がおらん計算になる。やる気を出してもらうためには自分が先頭に立って働かないかん。ゴルフをしたり、えいスーツを着たりしちょったら、「そんなことをする余裕があったら給料もっと上げろ」と思うやんか。その気持ち、分かるのよ。自分もたたき上げやから。一番下っ端からやってきとるから。いつも作業着でおるのもそういうこと。規則で社員をしばるんじゃなくて、態度で示すと。

もちろん給料も払わないかん。「給料はもうええやろ、働け」じゃあ人は働かん。

働き方改革って言われるけど、うちの社員はけっこう長時間働いてるのよ。働いた分の給料を払うことで、ある程度余分の収入を得てもらいゆう。ボーナスを年2回きっちりと払いゆうのも、高知県ではもう少ないいんじゃないかな。

仕事を増やすにはお客さんのニーズに的確に応えることしかないよね、それがその会社の社風になり、社員が頑張ってくれれば鬼に金棒の強さになる。いまの時代に夜討ち朝駆けはないかもしれんけど、努力のない会社はどのみち消えてなくなると思う。

目標は安藤百福と坪内寿夫

尊敬する人は日清食品を創業した安藤百福。この人をモデルにしたNHKの「まんぷく」は欠かさず見た。脚色はいっぱいあるやろうけど、あの人のバイタリティーがすごい魅力なの。戦時中、特高に拷問されたり、戦後は脱税の見せしめで逮捕されたり、理事長を務めた信用組合の破綻で無一文になったり。カップヌードルで成功したあと、カップライスで大失敗したり。7回転んで8回起きる人は10万人に1人やと思う。「もっとできるはずじゃ」と思うて頑張れる人はものすごく少ない。

ついでに言うと、貧乏からの脱却ひとつにしても、なせばなるで挑戦する人はけっこうおると思う。脱サラがえぇ例やね。でも10年のうちに8割、9割は消えてなくなるのが現実やから。成功するまでひたすらチャレンジを続けられるかどうかが分かれ道やろね。人間って、精神はけっこう弱いものやからね。

商売の師匠は坪内寿夫なの。再建王、造船王と呼ばれた愛媛出身の実業家。坪内の本が出るたび、買うて読んだ。いわば心の師よねえ。忘れられんせりふ、いろいろあるよ。「社長室は要らんのじゃ」とか。銀行を経営したり、新聞社を経営したり、ものすごくエネルギーがあった人やったねえ。

松山市の奥座敷、奥道後の開発も坪内がやったと本に書いとった。銀行支店の建屋が傾いたら「つっかえ棒せんかい」とか、「貸出先のお客さんは立派な建物より金利の安いほうを喜ぶんや」とか、いいこと言うとるね。造船所の作業場を「塀のない刑務所」にした更生保護事業も坪内が1961(昭和36)年に実現した。愛媛県今治市にある松山刑務所大井造船作業場やね。

坪内の本、わくわくして読んだ。書いとることは全部一緒やったけど。

自分はね、裸一貫に戻るのが一番怖い。けっこう楽しかったところもあるけど、ゆとりがある楽しみやないから。切羽詰まったところからの、孤軍奮闘で大逆転劇を勝ち取るという生き方……。まあ、大変やった。

高知市江陽町のアパートで首を吊ろうと思うたときのあの生き様はね。もう死んでもそこへ戻りたくないんよ。地獄の底を這い回ったら、もう一回地獄の底というのはようせん。

朝起きたらね、険しい山のてっぺんにおるの。右に下りたら善の道で、左に下りたら悪の道。夜寝るときには自分が思う善のほうにおるようにしたい。そう思うて、善の道におることだけは心がけてきた。だから自分には女の話、浮いた話は一切ない。浮気ゼロ。ほれた女房と一緒に健康に過ごせるだけで十分満足やし、ありがたいと思うちゅう。三八子さん、あなたに出会わなかったらいまの会社はできてないし、僕は成功者にはなれなかったと思う。この本を少し借りて感謝を述べます。本当にありがとう。

運が上向くのは、そういう普段の思いが運という形で戻ってくるんやと思う。車からごみをポイ捨てする人がおるやんか。自分の車はきれいになったように見えるけど、その行為が全部自分に跳ね返ってくるのよね。ポイ捨てすることで自分の運を捨てゆうの。大事な運を。

そんなことを考えたのは昭和の末ごろやった。

うちの社員のナカヒラ君が追突事故を起こしたんよ。軽トラックで、クラウンのタクシーに。クラウンのバンパーは2～3ミリ引っ込んだだけやったんやけど、運転手さんは2～3カ月入院した。驚いたことに、見舞いに行ったら病室で酒飲みながら花札をしとる。その人の請求があまりにも理不尽やったんで、裁判で争うた。弁護士さんというのはえらいねえ。その運転手さんは過去6回、自動車事故で保険金をもろうとるのよ。その事実を明らかにして、裁判長に「これ、常習ですよ」と。

それで裁判には勝ったんやけど、まっとうに生きる大切さとか、いろいろ考えさせられた。たとえば事故の補償金でまとまったお金が入ったとする。その金を奥さんに渡したら奥さんは喜ぶよ。助かるわーって。でも病室で酒飲んで花札してるってことぐらいは奥さんは知っとるよね。その主人が奥さんに「保険に入れ」って言ったら奥さんはどんな気持ちになるやろね。子どもは知ってるのかな。大切な家族の心の間を冷たい風がピューと抜けていくんじゃないかな。ちょっと、僕の考えすぎかな。

後日談があってね、その運転手さんはこの事故から何年もしないうちにアルコール依存症で亡くなったみたい。同じタクシー会社の同僚からそう聞いた。

県のスピード融資に感激

会社の話に戻ると、高知豪雨の直前に幾つかの新事業を起こした。

1カ月前の1998(平成10)年8月には南国市鳶ケ谷の山の上に産業廃棄物処理場用地約3千坪を購入し、9月に入ると岡豊本社に200坪のカレット(ガラス屑)置き場を造った。

そしてもう一つ、初の古紙輸出をやった。

戦後、日本は一貫して古紙余りやった。なぜかというと、日本の古紙の行き先は日本の製紙会社だけ。行き先が国内に限られとるから、収集量が必要量を超えることが多かったのよ。そこに自分は輸出という選択肢を持ち込んだ。だぶついて売り先がない状態が続きよったんで、背に腹は代えれんので。

輸出先に選んだのは韓国で、段ボールを出した。古紙の輸出は高知県勢で初めて、全国的にも走りやった。

これがねえ、危ないところやったのよ。高知豪雨は9月24日の夕方から始まったんやけど、プレスした段ボールを高知新港でバン詰め(海上コンテナに入れること)したのが3日前の21日。高知新港から釜山に向けてコンテナ船が出航したのが24日の高知豪雨当日。

前日の23日に高知新聞に大きく取り上げられて、「うちの古紙輸出のことが載っちゅう、載っちゅう」ゆうて喜んだら次の日に会社が水没した。

古紙輸出の波はやがて全国に広がって、国内のだぶつきはなくなった。うちの場合は中国への輸出が増えていった。それが数年後にえらいことになるんやけど、それはまたあとの話。

高知豪雨の年は赤字かと思うたけど、なんとか頑張って黒字にした。利益はわずかやったけど、黒字は黒字。ちょっと自慢できる。

次の設備投資は２００１(平成13)年6月の産業廃棄物中間処理施設やった。南国市鳶ケ谷に構えた敷地に造った。廃プラスチック類と金属、紙くず、ガラス陶磁器くずを破砕して、あとで言うRPF（高品位リサイクル固形燃料）の材料にする。がれきとか、捨てるしかないものはいの町にある民間の安定型最終処分場に持っていく。

収集から最終処分場までの中間にあるから中間処理施設。大前田商店リサイクルプラザと名付けて稼働させた。これを造ったのは大きかったね。いまも活躍しゆう。

このとき県の制度資金というのを初めて借りた。

ほら、これ。

「平成13年2月9日付で申し込みのあった中小企業等特別資金（環境整備促進事業）の制度適用については下記の通り承認します」

下に金額1億円と入れてあって、署名が「高知県知事　橋本大二郎」。高知銀行を通してこの1億円を借りた。

驚いたのは、審査の早かったこと。以前、農地転用届をたなざらしされたことがあったので、お役所は動きが遅いという印象しかなかったんよ。ところがこのときは1週間で申請が通った。1週間ゆうたら異例の早さやないろうか。

なんに使うためやったかは思い出せんけど、数年後にまた同じ要領で県に6千万円申請したんよ。そのときはなんと翌日にOK。行政に出す書類って難しいのが多いから、自分としてはうれしくてねえ。家内には「俺が死んだら棺桶にこの2つの書類を入れてくれ」って頼んでる。

中間処理施設を造って何がよかったかというと、相乗効果。当たり前やけど、古紙回収と廃棄物処理の両方を頼みたいお客さんがおるんよ。そのニーズに応えられるゆうことなんよ。

のたうち回って緊急手術

個人的なことじゃけど、２０００(平成12)年に平山に家を新築した。６００坪の土地に、建物が１００坪。敷地の中に泉もあって、えい水が出る。部屋は幾つあるかなあ。いっぱいあるよ。

やっぱり見栄よねえ。ご先祖さんがなしえてないことをしたというか。前田家のお墓を見たら分かるんよ。どの墓を見ても石ころだけやし。何代も続く貧乏やったんやろうね。それとやっぱり広島で「格式が違う」とののしられた悔しさもあるよね。

自分はね、子どものころからやしべられる(馬鹿にされる、軽く見られる)の類いやったんやから。極めつけが広島。一念発起して事業を始めたんやから。

故郷に錦というのはこんなもんやないかな。

実はね、家が建って、あした受け渡しという日に大変なことになった。

おなかが猛烈に痛くなったのよ。南国市の病院に行ったら、院長が「これは飲みすぎじゃ。漢方薬を出しちょこう」と言う。「ビールの飲みすぎじゃ」と。院長に「先生、僕はビールは飲まんがですけんど」と言うたら、「とにかく飲みすぎや」。とりあえず漢方薬をもろうて家へ帰った。

ところがその漢方薬を飲んでも全然きかん。新居の受け渡しを済ましてから病院に行こうと我慢しよったけんど、痛い。痛さが半端ない。なんともいえん、えぐい痛みなんよ。生きるか死ぬかという痛み。

どうしようもないので、夜になって野市町(現香南市)の野市中央病院に駆け込んだ。自分で車を運転して。

「盲腸じゃ。すぐ入院せえ」と言われたので、「いかん。あしたが家の受け渡しじゃ」と。制止を振り切って家に帰ったものの、痛みはどんどん激しゅうなる。真夜中、また野市中央病院に駆け込んで、失神した。すぐ手術。

手術してよかった。もう1日置いたら死んじょったと言われた。盲腸にこう、貝柱みたいな袋の固まりが3つ、雑菌を包み込んでいてね。3つめが破裂しちょった。菌が一気に全身に回ったんやろね、とにかくのたうち回った。

手術のあと、執刀医がベッドまで切った患部を持ってきて見せてくれた。お医者さんてほんとうにありがたいもんじゃねえ。あっ、名前は言えんけど、先に行った病院の院長、ありゃやそうとうなヤブやねえ。

入院生活で気がついたのはね、病院の車いすが古いということ。糸がほつれてシートが破けたり、金属部分は塗りがはげたり、さびたり、ぼろぼろやった。車いすはたくさんあったけど、きれいなのが少なかった。

車いすに目が向いたのは、そのころプルタブと車いすとの交換を始めちょったからなの。それまでは車いすがどこにあるかも、どんな人が使っているかも知らんかったけど、実際に入院して車いすを必要とする人が大勢いることに初めて気がついた。プルタブを車いすに交換するのは有意義なことじゃな、と思うた。

車いす交換、20年で500台

いの町の小学校の先生からの電話が始まりやった。

広島やったか福岡やったかに出張中、移動の新幹線の中に電話がかかってきた。

「車いすと交換するためにプルタブを集めたが、引き取るはずの大阪の業者が病気でやめた。大前田さん、引き取ってくれんか」と言う。

詳しく聞くと、プルタブを８００キロ集めて、送料は送り主負担で大阪に送ったら新品の車いすを送ってくれると。ところが大阪の業者がそれをもうやめてしもうたので、集めたプルタブの行き先がないと。

プルタブというのは指を引っかけてアルミ缶を開ける部分。アルミ缶と一緒にプレスして売ったらいいと考え、「分かりました。うちも８００キロでえいよ」と答えて。相場によって上下するんやけど、アルミの売値を最低1キロ60円として、８００キロで４万８０００円。車いすは5万〜6万円らしいからね。

それが車いす事業の始まりやった。

そのことは高知新聞が詳しく丁寧な記事にしてくれたよ。

それから一気に広がって、交換した車いすはもう４５０台を超えて、やがて５００台。分からんもんじゃねえ、20年たったいまも続きゆうんやから。

運動が広がった大きな要因はね、プルタブだけじゃなしにアルミ缶もＯＫにしたこと。「アルミ缶ごとやりませんか？　プルタブ集めるより30倍早いですよ」と声かけて。学校、町内会、ＰＴＡ、いろんなところが取り組んで、ありとあらゆるところから集まってくるようになった。県外からの依頼もまだ続きゆうきね。８００キロをアルミ缶で換算したら5万個くらい。車いすはうちで買い置きしとるのよね。在庫を切らさんように。

車いすの交換は善意の運動やきね、その後も新聞によく載った。「目標達成、車いすと交換」とか。最初は高知新聞だけやったけど、運動が広がるとほかの新聞も載せてくれた。アルミ缶の収集が車いすになって戻ってきて、それをプレゼントする。いいよね。うちの売り上げにはさほど関係ないけど、そういう運動に協力するのは企業として大事なことやと思う。みんな笑顔になれるしね。

こんなこともあった。高知市の潮江中の生徒が、プールに飛び込んで頭を打って半身マヒになった。彼の車いすを、と関係者がアルミ缶を集めたのよね。体に合った特注の車いすが要るので、みんなで一所懸命に集めた。

その車いすは30万円超くらいやったかな。アルミ缶を集めたお金ではあと10万円足りなくて、その分は僕が出した。車いすバスケットで彼がいまも元気に活躍しゆうのを聞いたんやけど、うれしいねえ。

運賃くらいにはなる

本業の話に戻ろうか。

中間処理施設とセットになるＲＰＦ固形燃料製造施設ができたのは２００５(平成17)年５月やった。

ＲＰＦはRefuse derived paper and plastics densified Fuel の略称で、高品位リサイクル固形燃料という意味。

中間処理施設で破砕したプラスチックくずや繊維くず、紙くずを製造機械に入れ、ところてん式に押し出す。巨大なところてん。熱でプラスチックが溶けてね、木くず紙くず繊維くずを閉じ込めるんよ。そのところてんが出てきたところを長さを均一にしてたたき折る。できるのがＲＰＦ固形燃料。

RPFの工場を造ろうと思った直接のきっかけは、焼却炉が使えなくなったことやった。

理由は2つあって、一つめは高知豪雨後の河川改修で焼却場の土地が買収されたこと。もう一つはダイオキシンの規制が厳しくなった関係で焼却が嫌になっていたこと。県に土地ごと買い取ってもらい、焼却はやめることにした。

「固形燃料の施設を造ろうと思うんやけど、許可は出るんか」と役所に相談したら、「ぜひやってくれ」と。それで具体化を始めたんやけど……。

困ったのは場所なのよ。やりたいと思うてもかなり広い土地が要る。場所がないとできん。そんなとき、重機の営業の人が情報をくれて。

コマツの人やったと思うけど、「ユンボ(パワーショベル)要らんか?」と営業に来た。「買うてもえいけど、土地がないき買えん」と答えると、「土地、あります」と言う。それがいまのとこ。南国市奈路。

砕石販売の四国硅石鉱業と関係する土地で、運送業者が持っちょった。買い手を探しよったんじゃやね。

次は資金。造ったほうがえいかどうか、高知銀行に相談したら「ぜひやりなさい」と言う。といってもＲＰＦがどんなものか自分も銀行も詳しくは知らん。高知銀行大津支店長のマツダさんと一緒に高松のＲＰＦ工場へ視察に行った。

南国市奈路に2千坪の建設用地を買ったのは２００４(平成16)年3月。ＲＰＦ製造工場が完成したのは翌年の5月やった。

完成したＲＰＦ固形燃料は愛媛県四国中央市の大王製紙に納品する。ボイラーの燃料になるのよ。製造した紙を乾かすためのの。リサイクル燃料を使うことで、石炭を使わんでようなるの。二酸化炭素排出量で見ると33％削減されるみたいやね。

大王への売値は安いけど、まあ運賃くらいにはなる。

リーマン不況に震えた

高知豪雨で被災したときに「危険は分散せないかん」と思うたんやけど、それを実現できたのは2009(平成21)年5月やった。

高知市五台山のタナスカに第2本社ともいえる工場を造ったのよ。浦戸湾沿いの敷地は1700坪。屋根付きのヤードと事務所を備え、輸出品のストック基地としても使えるようにした。

高知新港まで車で10分くらいやから、輸出に便利な場所や。200馬力、時間処理能力17トンのベーラーを導入した。総工費5・2億円。

この計画が進んどるさなか、超弩級の大変なことが起きた。

2008(平成20)年9月15日。アメリカ屈指の投資銀行、リーマン・ブラザーズが破綻した。負債総額は64兆円。背景はアメリカの住宅バブルがはじけたことやった。アメリカではリスクの多い住宅ローンが証券化されて投資先に売られよった。すべてがうまく機能する前提は住宅価格が永遠に上がり続けること。でもそんなことがあるわけないよねえ。住宅ローンの破綻が増えると、証券の価値が下がる。必然的に証券を買った投資銀行の経営が悪化する。経営悪化は一気に進んで、とうとうリーマン・ブラザーズが破綻した。大きすぎてつぶせないとか言われていたのがつぶれたんやから、アメリカの信用は地に落ちた。あっという間にそれは世界中に広がって、金融恐慌。

その前、半年間はよかったんよ。こんなにもうけてええんかというくらい。オイルが暴騰して、古紙も暴騰して。中国も大量に買ってくれたからね。仕入れればすぐに高く売れて。笑いが止まらんようなもうけは出るんやけど、背中は冷や汗が出ちょったねー。第2次オイルショック後の空恐ろしい教訓があるからね、これはおかしい、もうけた金をほかに使うたらおおごとやぞ。そんなふうに用心しよった。

案の定、10月に手のひら返し。目も当てれんばあ下がった。中国もピタッと輸入を止めた。価格は下がるし、持っていき先はないし。

買い取り価格は契約やから、契約通りの価格で買わないかん。特に行政関係は入札で価格を決めとるからね。決めた以上は信念で貫かないかん。

2万円で仕入れた古紙を、6千円とか5千円で売らないかんのよ。4分の1や。毎月毎月2千万とか3千万の赤字。先が全く見えんわけやし、五台山の事業は進みゆうし、大きい仮払いもあるし。地獄へ向かいゆう感じやった。ちょっとうろたえた。ぶっ倒れそうになった。

当時、従業員は60人。それが働き続けて、2008(平成20)年度の利益はわずか15万5千円。ゼロみたいなんもんやけど、赤字を出さなかったのは奇跡なの。リーマンショック前のもうけた分を残してなかった会社は大変やったと思う。専務に「このままあと半年続いたらうちは倒産するぞ」って言って。震えたね。

化けの皮をはがないかん

リーマンショックの不況は6カ月で反転した。そのあとはV字回復。半年やったんよ、リーマン不況は。あれがあと半年続いたら莫大な赤字やった。リーマンの2008(平成20)年度は15万5千円しか利益がなかったのが、翌年度は元に戻った。

大きかったのはね、前期中間納税分が3千万円戻ってきたこと。利益が減った分の税金が戻ってきた。もうけんということは税金を払わんでえいということや、こんな楽なことはないと思うたもんや。

ホント税金がなかったらどれほど楽かと思うよね。一生懸命払っても税務署から「ありがとう」のひと言もないんやからね。それぱかりか「ほんとはもっともうけゆうがやないか、隠しちゃあせんか」って目で見る。悪い奴らぜ。

リーマンショックの経験を経て、傷を負ってもやり直せる経営をするには内部留保しかない、すぐに払える手持ちの金を持つしかない。そんな考えに行き着いてね。仮に借金全部をあした返せと言われても返せるように努力はしゆう。

財務内容が評価され、信用調査会社から「格付けは県内でもトップクラス」って言われたときはうれしかったねえ。銀行からも同じことを言われた。

前にも言うたけど、過去に赤字決算はない。高知豪雨のときもリーマンのときも赤字にせんかったのは大したもんやと自分でも思う。余談やけど、高知豪雨は50年に一度の災害やと河川改修の技師から聞いた。リーマンショックは100年に一度といわれる経済危機やった。

がむしゃらに仕事を取ってきたように思われるかもしれんけど、営業というのは以前にはなかったんよ。お客さんの依頼がない限り仕事が入らんかった。

営業マンという存在が初めてできたのは2005(平成17)年。

ニシムラさんっていって、生命保険会社の所長をやった人。早期退職をした人やゆうて、誰かが連れてきた。うちみたいな小さい会社に来るような人やない、これはだましに来たな、化けの皮をはがないかん。そう思うて空き缶の整理をやらした。逃げ出すやろうと思うたら、1カ月たってもエプロンを着けて黙々とやりゆう。「すまざったねえ。営業をやってや」と謝って。

営業をしてもらったら、ものすごい仕事を取ってくるの。お客さんのニーズに合わして仕事をもらってくるからねえ。すごいまじめな人なのよ。

リーマンショックのあと、中国への輸出は控え気味にした。それまでは中国向けが好調で、集めた古紙の3〜4割は中国に持っていく感じやった。ところがリーマンのとき、中国が輸入をピタッと止めて行き先を失った古紙が大暴落。それで中国一辺倒をやめ、国内にシフトした。国内の売り先を大事にしようとした。中国への依存度を増やしちょったら、もしストップしたときに大変なことになるぞ、と。

2018(平成30)年、それが生きた。

中国ショックという試練

日本から中国への古紙輸出が伸びたのは2000(平成12)年くらいから。古紙だけじゃなくて、廃プラスチックや鉄、非鉄金属も中国向けが伸びていった。廃プラを中国国内で分別・加工して資源にし、製品を作るのよ。

リーマンショックの回復後、中国への輸出は再び伸びた。中国の積極的な消費が日本のスクラップ業界を支えるという構図ができたんやけど……。

一転したのは2017(平成29)年やった。

この年の7月、中国政府が世界貿易機関(WTO)に対して海外からの廃棄物輸入を段階的に停止すると通告したの。理由は環境汚染の防止と、国内でリサイクル産業を育成するためやとゆうことやけど。日本側は寝耳に水やった。驚いた。

翌2018(平成30)年、廃プラスチックの中国向け輸出は一気に消えた。古紙も急速に減った。

それまではすべて輸出OKやったからね。なんでも中国が受け入れて、選別して資源化してくれよった。それがストップしたんやから、われわれ業者にとったら「中国ショック」。中国が果たす役割が大きかった分、衝撃も大きかった。

ただ、うちはリーマンショック後に中国への輸出量を絞っちょったから。ダメージはましなほうやと思う。それに、古紙に頼らんような経営をしてきたからね。メインはあくまで古紙やけど、売り上げに占める割合は7～8割。ほかは廃プラスチック、鉄、産業廃棄物、一般廃棄物などなど。中国頼み、古紙頼みやった問屋は大変やと思う。

もちろんうちも影響は大きいよ。在庫はたまるばかりやし。先が見えんし。この前はタイに段ボールを110㌧出した。もうけるためというより在庫整理やね。完全に赤字。仕入れ値の半値以下で輸出した。

在庫を持つというのはものすごく経費を食うんよ。値上がりしとるときやったらいつでも売れるから持ってもえいけど、値下がりしとるときは売れんなるので。在庫を減らしとかんと置場がなくなって仕入れもできんぞ、大変なことになるぞ、と。それで、赤字でもいいからタイへ。月間輸出量は４００トンやった。

　タイといっても純然たるタイの工場じゃなく、中国の製紙会社のタイ工場ね。中国の製紙会社が東南アジアに出ていき始めとるのよ。原料の古紙が中国国内では調達しにくうなりゆうきね。東南アジアで作り、製品は中国に運ぶ。タイ工場で作った再生品の段ボールも、結局は中国国内で消費されるわけね。

　中国が再生原料の輸入を再開することはないからね。リーマンと違って、中国ショックは元に戻らんのよ。それだけ中国ショックはしんどい。峠を越えたかといえば、状況はさらに悪うなりゆう。米国のトランプさんが貿易問題で中国とケンカし続けゆうし。

　中国は世界の胃袋やったのよ。そこが生産を絞ったら何もかもが悪うなる。

　しんどい状況やけど、ろくに遊びもせずに働いてきたのはこういうときのためなんよ。会社を経営するにはそういう覚悟が要るの。これでもか、これでもか、つてゆうくらい悪くなるから。じゃけど、大変さを乗り切ったときの喜びがあるのよね。そのときの喜びはなんともいえんものがある。

俺がご先祖様に⁉

孫がね、かわいいのよ。とにかくかわいい。人間の幸せっていうのは孫ができるまで生きんと分からんのじゃないかとすら思う。

孫が「おじいちゃーん」ゆうて飛び込んできたら孫スイッチが入るんよ。

孫の数は男4人、女6人の10人。

実は去年、孫の言葉に電気が走ったことがあって。

小学5年の女の子なんやけど、お母さんとこういうやりとりをしとったのよ。

「ねえママ、私に子どもができたらママはおばあちゃんになるね」

「そうよ。じゃあおじいちゃんはどうなるの?」

「おじいちゃんはね、ご先祖様になるの」

それを聞きよってハッとしたのよ。

え、こんなバカな人生を送ってきた俺でもご先祖様になるの?

ご先祖様といわれたら、なんか自覚が出るよね。

事業を続けるのは大変やけど、子や孫に引き継ぐためにも頑張らんといかん。

事業は日本刀で斬り合いするみたいなもんやと思う。相手も日本刀、こっちも日本刀。真正面からぶつかって斬り合う。それと同じ。

つらい戦いから逃げんのは、勝ったときの喜びを味わいたいからやないかなあ。しんどい、つらいは当たり前。なにせ無一文から始めたんじゃやから。

経営が厳しいからといって人は減らせん。われわれの会社は父ちゃん、母ちゃんのことから子どものことまで、従業員の生活状態を分かってるんやきねえ。そんな人に「あしたから来んでえい」とは言えんじゃない。大企業とはそこが違う。もし仕事がなくなったら新しい仕事を作らないかん。そうやって雇用を守らないかん。

トラックでちり紙交換をする歩合の人がいま7人くらいおる。中国ショック以降、その人たちからは逆ザヤ覚悟で古紙を買いゆう。「売っても赤字やき、もう古紙は引き取らん」と決めたらその人たちが立ちいかんやんか。生活できるために、こっちが赤字を被ってでも買い取らないかん。そのために、利益が出ているときの分を内部留保しとるんよ。つまりもうけがあるときは無駄遣いせず暴落に備える。赤字のときにも生活が成り立つ価格で引き取る努力をする。平均化しとるわけ。そうすることで、生活ができる。じゃからうちで働く人はやめんのよ。でもね、相場よりも高く引き取り続けるのは大変。いまはすごく大変なときなのよ。

前も言ったけど、心の中で繰り返すのはこの言葉。

あるときの蓄え、ないときの辛抱。

耐えるときは耐えないかんのよ。といって、電気をこまめに消して経費削減しても大したことはないのよね。

不況時によく行政が緊急融資をしてくれるけど、たとえ無利子であってもそれは借金やきねえ。それなら払うた税金を戻してくれんかなあ。もうけたとき、どっさりもって行った税金を。税金の負担は重いよ。疫病神くらい重い。

これくらいでは負けんよ

最近、ものすごく好きな言葉が一つできたのよ。

ＮＨＫ朝の連続テレビ小説「まんぷく」の最終章、喫茶店のマスターの言葉。

「面白い人生などない。人生を面白くする人がいるだけだ」

これがねえ、すごく気に入っとるのよ。

１９７７(昭和52)年４月、高知市江陽町の安アパートに住みながら古紙回収業を始めて43年。１９９０(平成２)年５月、資本金５００万円の有限会社大前田商店を設立してからちょうど30年たった。

人がね、うらやむの。事業に成功したって。まあ、無一文で死ぬことを考えよったときから見たら成功やろうけど、自分はなんも楽しいことはない。遊びにも行けんわ、24時間仕事のことばかり考えないかんわ……。昔、キャバレーのボーイをしてたとき、会社の社長が高級ブランデーをがぶがぶ飲むのを見てうらやましかったんと同じやと思う。人は表面しか見れんからね。

利益を上げる方法は、お客さんにいつも喜んでもらう以外ないよね。それにね、家族が長時間働いてコストを下げゆうことも大きい。家族の犠牲があって経営が成り立っちゅうと言うてもえい。

特に女房の三八子には感謝しゆう。実はね、感謝の気持ちを込めて毎日実践しとることがあるんよ。朝昼晩と間にちょいちょいの2回、つまり1日5回女房に感謝の言葉をかけるの。「いつもありがとう。感謝です」とか、「きょうはえらいきれいやね」とか。いいところ見つけていっぱい褒めるの。それをやっていて気がついたのは、ある日突然その言葉が自分に返ってくるということ。「自分はこんなえい嫁さんと一緒になれたのか」と。感謝の言葉を口にすることで、自分も満ち足りるわけやね。この効果は絶大なもんがあって、おかげでうちの家庭はうまくいきゆう。

自分が無学であることもよかったと思う。なぜかって、事業を進めていくには有能な人の力を借りんとなにもできん。自分ではなにもできんので、自分の周りには有能なブレーンが集まってくれる。その人たちの特異な能力を借りることに躊躇しないからここまでやってこれたんじゃないかな。社員のみんなの頑張りには本当に頭が下がる。海のものか山のものか分からなかった事業をここまで育ててくれたからね、いつもありがとうって感謝しているよね。

われわれの業界は誰でも参入できる。半面、採算が合わんなったらスーッと消える。実はそういうときが会社を大きくするチャンスでもあるんよ。大不況が来たときに残れるところが次の時代に移っていける。

前にも言うたけど、そういうときに大事なのが信用なの。自分の会社は高知でできて、高知で育った。死ぬのも高知。高知で死なないかん。だから高知を大事にせなあいかん。高知で信用を築かないかん。

ピンチは続きゆんやけど、ピンチをチャンスに換えてやっていかないかんと思う。

記憶に残っちゅうせりふがある。

花登筺の小説、「銭の花」(テレビでは「細腕繁盛記」)にあるせりふ。

「銭の花は清らかに白い。だがつぼみは血がにじんだように赤く、その香りは汗のにおいがする」

いまもその本質は変わってないと思う。

経営はしんどい。けど、血をにじませながら乗り越えた先には喜びがある。

つらいときはこう思うようにしちゅう。

神様、また僕を試しゆんやね。僕はこれくらいのことでは負けんよ。

あとがき

ある寒い夜、テレビで冬山登山者の遭難が流れていた。

こんな寒い日には北アルプスはきっと酷寒だろう。遭難した人の家族や親せき、知人の方々の悲しみはどれほどのものか。計り知れない深い悲しみに涙しているに違いない。「寒い日はこたつに入ってミカンをかじりながらテレビでも見ていればいいのに」と他人事のようにつぶやいて、ふと思った。待てよ、自分にそんなことが言えるのか。

自分も自らの意志で商売の道に入った。険しい道を一本のロープを伝い、後戻りのできない冬山登山をしているのと同じではないかと気付いたとき、冬山登山をする人の気持ちがなんとなく理解できた。

これ以上綿密には計算できないほどに計算し、入念に準備をして岩壁に取りつく。あらん限りの気力体力を昇華させて頂上にたどり着く。そのときの喜びのためにのみ山を登るのであって、この喜びこそ命がけの真剣勝負に勝った証しだろう。

事業を始めて43年、自分の登山はまだ山頂が見えていない。生きている間に頂上にたどり着くこともないだろう。しかしきょうも一歩一歩、山頂を目指して挑戦を続けるしか道はない。ロープを離せばすべてが無に帰してしまうから。

その厳しさは十分すぎるほど分かっているのだが……。

本を作っているさなかにこんなことが起きるとは。

想定外が降ってわいたのは２０２０(令和２)年の2月末だった。

新型コロナショック。まさかウイルスがこんなすさまじい事態を引き起こすとは思いもしなかった。学校は休止、店は休業。集会やイベントも中止。世界中で人の移動が消え、経済活動は急停止した。

リーマンショックを切り抜けたとき、少しだけ経営への自信ができた。百年に一度の逆風を切り抜けた、と思った。ところが……。今回の苦境はリーマンの比ではない。

2018(平成30)年の中国ショックで再生原料が暴落したあと、翌年秋の消費税率引き上げが追い打ちをかけた。経済が冷え込むと段ボール需要が落ちて古紙相場が下がる。がまん比べのような苦しい経営を続けていた。そこをコロナが襲った。

仕事はたくさんあるのに、忙しく働いているのに、仕事をすればするほど赤字が増えていく。しかも展望が見えない。いったい何年がまんすればいいのか、がまんすれば上向くのか。この経済苦境は千年に一度、万年に一度かもしれない。じきにオリンピック特需が来ると期待されたのはいったいいつの話だったのだろう。

会社は永遠に続くものではないことは分かっている。が、ほんの数カ月前までは盤石の経営だと自信を持っていた。事実、バランスシートは優等生だった。

経営は吹雪の中、細く険しい冬山の尾根を登っていくようなものだ。足を滑らせると崖下に落ちて一巻の終わり。それくらい厳しい。

新型コロナという猛烈な吹雪の中、生き残ることができるかどうか。

苦悶しながら前を向いて進むしかないと思いつつ、白状すると、もっと悪くなれ、もっと悪くなれ、それでも自分は生き残るぞ、という思いもある。そう、必ず生き残る。大前田商店は不滅です。

不滅の思いを込め、事務所の壁には7年前からこんな色紙を掲げている。

人類のある限り
人のいる限り
大前田商店は続きます

（2020年3月）

聞き書き人のひとこと

前田薫社長から「俺の人生を書いてくれ」と頼まれたのは高知豪雨が一息ついた20年余り前だったように思う。

当時、高知新聞で記者をしていた。暇なようで、けっこう忙しかった。「自分で書いたらえいやんか」と言うと、「自分ではよう書かん」。確かに自分で書くのはハードルが高いなと思って「誰かに書いてもろうたらえい」と答えると、「あんたに書いてもらいたいがじゃ」と言う。「なんで?」と聞くと「あんたじゃないとだめや」。

前田社長の最大の魅力はその人なつっこい笑顔にある。にこにこと頼まれると、「だめ。忙しい」なんて言えるわけがない。「じゃあ、そのうち」と適当に答えておいた。

そのうちあきらめるだろうと思っていたのだが、なかなかどうして。顔を合わせるたびに「まだか。書いてくれ」と言う。そのたび、あいまいに答えて放っておいた。

社長とのそもそもの出会いは判然としない。おそらく大前田商店が高知市の機密文書を扱い始めた1993（平成5）年ごろではなかったか。機密文書の回収を含め、そのころ何度か大前田商店の記事を書いた記憶がある。当時はまだ古紙専業に近く、県内3、4番手の小さな会社だったように思う。

その後、縁あってたびたび記事にした。高知豪雨のあとでは3回シリーズの連載を書き、UFOを撮影した記事も書いた。参院選の取材に出張ったら前田社長が選挙カーのハンドルを握っていた。会うたびにいろいろと話をした。

南国市岡豊町の本社事務所に行き、リサイクル業界の話を聞くこともあった。ごみとして捨てられたものを再生させるのがリサイクル。ごみという消費生活の底辺を相手にするのだから、かなり特徴のある業界だと言っていい。

社会というのは真ん中で見るより端っこから見た方がよく見える。底辺から見るとなおよく見える。おまけにリサイクル業界は景気の波をいち早く、もろに受ける。リサイクル一筋にやってきただけに、前田社長が社会を見る視点には独特の鋭敏さがあった。現状把握も将来展望も的確だった。

２００８(平成20)年の暮れにこちらは高知新聞を辞め、朝日新聞に入って県外に出た。社長に会う回数は減ったが、高知に帰ったときはときどき顔を合わせた。電話で業界の話を聞くこともあった。

相変わらず「そろそろ書いてよ」「そのうちね」というやりとりが続き、いつの間にか若かった社長も70歳を超えた。ひとごとではない、こちらもいつの間にか60歳を超えていた。これはいかん、まだ体力があるうちにやらんといかんと考え始めた。が、いまひとつ体が動かない。社長と違い、こちらは怠け者なのだ。

転機は妻のひと言だった。

「あんた、いい加減に書いちゃりなさい。放っちょったら話ができんなるかもしれんで。だいたい、あんたが書けんなるかもしれんやんか」

おっしゃる通り。怠け者はきっかけがないと動かないが、きっかけがあるとよっこらしょと動く。妻のひと言がきっかけとなって重い腰を上げた。

それが2019年の春だった。

5月の連休、高知市のホテルに3日籠もってみっちりと聞き取った。10月と翌年2月には補充の聞き取りをした。

長く新聞記者をしていると、取材をしていて前のめりになることがある。話が面白いから次から次へと聞く。どんどん深く聞く。会話が絡み合い、取材相手も前のめりになってどんどん話す。そんな感じ。前田社長の聞き取りもこれだった。記憶が鮮明だし、エピソードのひとつひとつが面白い。前のめりになって聞き、社長も前のめりになって話し続けた。忙しくメモを取り、ICレコーダーで録音した。

メモは大学ノートで7冊になった。仕事の暇を見つけては聞き取り内容を文字にし、事実関係を前田社長に確認する作業を重ねた。

生来の怠け者ということもあり、やっと原稿ができあがったのは2020年の

2月だった。もっと時間をかければもっと面白い話が聞けたに違いない。などと思う一方、とりあえず形にできてほっとしている。

ほっとしながら思う教訓がひとつ。

人の半生を字にするのは楽ではない。


（2020年3月　依光隆明）

［著者］

前田 薫（まえだ・かおる）

1948年高知県香美郡土佐山田町（現香美市）生まれ。山田中学校を卒業後、県内外の土木建設現場や農機具会社、造船所、キャバレー、製鉄所、自動車メーカーなどで働く。1977年、高知に戻って大前田商店の名でちりがみ交換をスタート。併せて焼き芋の販売も手がけ、軽ワゴン車を改造して県外でも売り歩く。1980年、古紙問屋に脱皮。1990年、南国市岡豊町に有限会社大前田商店を設立する。1998年の高知豪雨で会社が水没したものの、復活。その後もさまざまな苦難を乗り越え、大前田商店を県内トップクラスのリサイクル会社に育て上げる。趣味は茶道。好きなものは孫と酒。

［インタビュー・構成］

依光隆明（よりみつ・たかあき）

1957年高知市生まれ。1981年高知新聞に入り、2001年高知県庁の不正融資を 暴く「県闇融資」取材班代表として日本新聞協会賞を受賞。社会部長を経て 2008年朝日新聞に移り、特別報道部長など。2012年福島第一原発事故に焦点 を当てた連載企画「プロメテウスの罠」の取材班代表で再び日本新聞協会賞 を受賞。共著に『黒い陽炎—県闇融資究明の記録』（高知新聞社）、『プロメテ ウスの罠』（学研パブリッシング）、『「知」の挑戦本と新聞の大学I』（集英社 新書）、『レクチャー現代ジャーナリズム』（早稲田大学出版部）などがある。

まいどお騒がせいたします
―土佐、ちりがみ交換一代記―

2020年9月10日　初版発行

著　　者　前田 薫
発 行 人　木村 浩一郎
発行・発売　リーダーズノート出版
〒114-0014　東京都北区田端 6-4-18
電話：03-5815-5428　FAX：03-6730-6135
http://www.leadersnote.com

装　　丁　塩崎弟
印 刷 所　モリモト印刷株式会社

ISBN 978-4-903722-81-8　C0095